MARIA BARBAL

AM SEE

MARIA BARBAL

AM SEE

Roman

Aus dem Katalanischen
von Heike Nottebaum

Blessing

Die Originalausgabe AL LLAC
erschien erstmals 2022 bei Columna, Barcelona.

Das Motto ist ein Textauszug aus:
Virginia Woolf, *Zum Leuchtturm*, übersetzt von Antje Rávik Strubel,
Anaconda Verlag, München 2022, S. 29.

institut ramon llull

Die Übersetzung wurde gefördert durch das Institut Ramon Llull

MIX
Papier | Fördert gute Waldnutzung
FSC® C014889

Penguin Random House Verlagsgruppe FSC® N001967

2. Auflage, 2024

Umschlaggestaltung: t.mutzenbach design, München
Umschlagabbildung: © akg-images/UIG/Marka;
Shutterstock/BalanceFormCreative
Satz: satz-bau Leingärtner, Nabburg
Druck und Bindung: Pustet, Regensburg
ISBN: 978-3-89667-755-6
Printed in Germany

www.blessing-verlag.de

Es war, als ob das Wasser hinausströmte und
Gedankensegel setzte, die auf dem trockenen
Land ins Stocken geraten waren […].

VIRGINIA WOOLF,
ZUM LEUCHTTURM

I

Die Erinnerung an jenen Sommer ist wie ein letzter Blick auf das Paradies, bevor man durch eine Pforte tritt und es für immer hinter sich lässt.

Die Szene ist von einer außergewöhnlichen Klarheit, selbst die Schatten scheint es nur zu geben, um dieses Licht noch mehr hervortreten zu lassen. Da sind die Pappeln, da sind die beiden Männer, die sich in einen Streit verbissen haben, da ist die alte Frau, die ihre Augen geschlossen hat und zu schlafen scheint, und dann ist da noch dieses Kind, das einem wie immer den letzten Nerv raubt. Ich lasse mich ins Wasser gleiten, entferne mich ein paar Meter vom Ufer und von Quim, der sich auf dem Schwimmreifen zu halten versucht, dann wird er meinen Namen rufen und ich werde denken, sieh doch selbst zu, wie du klarkommst. Für den Fall, dass Lídia und Marieta plötzlich wiederkommen sollten, bin ich mit zwei Schwimmzügen dort, wo man stehen kann, und erspare mir so ihre Standpauke, weil ich nicht am Ufer geblieben bin.

In diesem Augenblick merke ich, wie das Wasser zu schaukeln beginnt, und drehe mich um. Quim ist verschwunden.

Es war nur eine kleine Regionalbahn und als Lídia einstieg, blieben gerade mal noch zwölf Kilometer bis zur Endhaltestelle. Vor langer Zeit hatte es Überlegungen gegeben, die Bahnlinie bis nach Frankreich zu verlängern, doch dafür wäre der Bau etlicher Tunnel notwendig gewesen oder die Trasse hätte die gewaltigen Höhenunterschiede des Gebirges überwinden müssen, und so war das Vorhaben gescheitert. Wie dem auch sei, immer wenn Lídia das Pfeifen des schwarzen Ungetüms hörte und sah, wie sich der mit weißem Dampf beflaggte Zug dem Bahnhof des Städtchens näherte, schien alles in ihr zu frohlocken. Auch dieses Mal wurde ihr wieder ganz weit ums Herz, und am liebsten wäre sie, wie Nora mit ihren zwölf Jahren, vor lauter Freude herumgesprungen.

Schon früh am Morgen war sie rasch aufgestanden, um sich zu vergewissern, dass der Himmel wolkenlos war. Gleich darauf, glücklich, wenn auch noch etwas schläfrig, hatte sie sich wieder hingelegt und sich vorgenommen, nach dem Frühstück Noras Mutter anzurufen, die Cousine ihres Mannes, damit das Mädchen um halb elf bereit zum Aufbruch war.

– Wir fahren zum See!

Diese magischen Worte waren es, weshalb ihr der Sonntag so verlockend erschien und sie sich nichts aus Tonis üblicher Neckerei machte, sie habe die Barceloneta wohl noch immer nicht vergessen. Natürlich nicht! Er hatte ja keine Ahnung, wie oft sie nach wie vor an den Strand dort denken musste, doch mittlerweile kannte Lídia ihren Mann und zog es vor, ihm nichts darauf zu erwidern. Sie sah sich selbst, so wie früher, mit ihrer Schwester, ihrem Bruder, mit Vater und Mutter, sie alle fünf, mit dem Proviant, den Badesachen und Handtüchern, und alle fünf waren sie am Herumalbern. Und dann gab es da den Sand und das Wasser, den Geschmack von Salz auf ihren Lippen. Das Meer, dieses unaufhörliche, unermüdliche Rauschen der Wellen, eine nach der anderen, eine wie die andere, all das, was ihr auf wundersame Weise ein Gefühl von Ruhe zu vermitteln vermochte … Wie hatte sie nur alldem den Rücken kehren können, um in die Berge zu ziehen? Der Grund dafür hieß Toni. Sie hatten sich ineinander verliebt und nun lebten sie gemeinsam in Tremp. Die kleine Stadt gefiel ihr ausnehmend gut, aber ihr altes Viertel in Barcelona, der Poble-sec, und die belebte Avinguda del Paral·lel fehlten ihr schon ein wenig. Sie vermisste es, an den Varietétheatern vorbeizukommen, am Molino oder am Arnau, sie vermisste den Markt von Sant Antoni, die vielen Kinos, ihre Familie und ihr Leben als unverheiratete Frau. Doch das behielt sie für sich.

Nora und sie waren gerade eingestiegen, und die Solars, die schon seit der letzten Station im Zug saßen, winkten ihnen von ihrem Abteil aus zu. Senyor Joaquim, der Verkäufer aus dem Geschäft; Milagros, seine Mutter; Marieta, seine Frau, und ihr fünfjähriger Sohn, Quim. Alle begrüßten Senyora Lídia mit großer Herzlichkeit. Der Verkäufer stand auf, damit sie sich in Fahrtrichtung hinsetzen konnte, neben seine Mutter, die ihr dann ihrerseits den Platz am Fenster überließ.

– Aber … das ist doch nicht nötig, wirklich nicht –, protestierte Lídia ohne Erfolg.

Nora hatte sich neben den Verkäufer gesetzt, mit dem Rücken zur Lokomotive. Quim war sofort auf Lídias Schoß geklettert und sie ließ ihn gewähren. Sanft strich sie über sein glattes Haar, das so schwarz war wie seine Augen, und der Junge griff nach ihren Händen mit den tiefrosa lackierten Fingernägeln. Er betrachtete sie, als wären es eigenständige Wesen, auf geheimnisvolle Weise losgelöst vom übrigen Körper. Dann kraulte Lídia ihn sacht von den Ohren bis hinunter zum Hals, und weil ihn das kitzelte, fing der Junge an zu kichern.

Lídia schaute zu Nora und lächelte sie an. Als das Mädchen so alt war wie Quim, hatte es auch auf ihrem Schoß gesessen und sie hatte es im Nacken gekrault und zum Lachen gebracht. Lídia kam es vor, als sei das erst gestern gewesen. Und jetzt war Nora schon fast ein kleines Fräulein, noch dazu sehr vernünftig. Sie dachte, aus dem Alter, eifersüchtig zu sein, sei das Mädchen ja längst heraus.

Eine Weile verbrachten alle die Zeit damit, Vermutungen anzustellen, wie kalt das Wasser wohl heute sein würde, sie zählten die Stunden, die seit dem Frühstück vergangen waren, fanden schon jetzt die Menschen abscheulich, die vielleicht ihre Lieblingsstelle in Beschlag genommen hatten, ließen sich lang und breit darüber aus, wie heiß es noch werden könnte. Marieta war recht füllig, und während sie sich mit einem chinesischen Fächer aus durchscheinendem Papier Luft zufächelte, war sie ständig am Schnaufen. Senyor Joaquim stellte kategorisch fest, sie würden einen herrlichen Tag verbringen, und schaute dabei Lídia an, mit der er sich siezte, und er tat dies auf eine Art und Weise, die Nora stutzen ließ. Als ob er es bemerkt hätte, fragte er das Mädchen unvermittelt, wie denn ihre Noten ausgefallen seien, und sie, die ihr lockiges, rötliches Haar mit einem braunen Gummiband zu einem Pferdeschwanz zusammengebunden trug, antwortete ihm ohne nachzudenken.

– Geht so.

Wie ein schwerer Tropfen war ihre Antwort in den Becher der Unterhaltung gefallen, und sie hatte kurz angebunden geklungen, ja schroff, vielleicht sogar lächerlich? Die Erwachsenen hatten jedenfalls gelacht und Nora war rot geworden. Aber was hätte sie denn sagen sollen, damit die anderen nicht anfingen zu lachen? Lídia bemerkte, ihre Noten seien um einiges besser als »geht so«. Vom Vater des Mädchens wisse sie, dass Nora überall ein »gut« bekommen habe und im Zeichnen sogar ein »sehr gut«. Marieta hörte auf, sich Luft zuzufächeln, und mit ungläubiger Miene fragte sie:

– Magst du denn gerne zeichnen?

Nora befürchtete, die anderen könnten wieder anfangen zu lachen, wenn sie jetzt einfach mit Ja antworten würde. Also sagte sie, Zeichnen möge sie besonders gern, und weil ihr Vater viel davon verstehe, gebe er ihr Ratschläge. Da lächelten die vier Erwachsenen gleichzeitig und Nora fühlte sich sofort ein wenig besser. Derweil hatte Lídia bereits den See ausgemacht, das Wasser und die fröhlichen Pappeln, die mit dem lebhaften Grün ihrer Blätter zu winken schienen. Dort, wo er tief war, schimmerte der See im Sonnenlicht in einem Smaragdgrün, das nach und nach ins Goldene übergehen würde. Auf dieser letzten, geraden Strecke kam der Zug schnell voran, und weil der Junge auf ihrem Schoß hin und her rutschte, fasste Lídia ihm unters Kinn und zeigte zum Fenster hinaus. Mal sehen, ob er nun stillhielt.

Da hatte Marieta wieder angefangen zu reden:

– Dieses Strandkleid steht Ihnen sehr gut. Haben Sie es selbst genäht?

So wie ihr Mann siezte auch sie Lídia, die der Frau des Verkäufers lächelnd zunickte, sich aber gleich wieder zum Fenster drehte, zu ihrem ganz eigenen Sommersonntagshimmel.

Nachdem der Zug mit einem metallischen Kreischen zum Stehen gekommen war, stiegen sie mit Hilfe von Senyor Joaquim, der den Frauen und dem Jungen die Arme entgegenstreckte, die hohen Stufen des Waggons hinunter und befanden sich mit einem Mal mitten auf dem überfüllten Bahnsteig. All die Menschen, die den Tag am See verbringen wollten, waren nun darauf aus, den bestmöglichen Platz am Ufer zu ergattern. Bevor sie sich jedoch auf den Weg machten, schulterten sie erst noch ihre Körbe und Segeltuchtaschen, und einige trugen wie riesige Armreifen Autoschläuche vor sich her, mit denen man sich später treiben lassen konnte. Auch Marieta machte es so. Und wer eine

Kopfbedeckung aufhatte, rückte sie noch schnell zurecht, damit sie ihm nicht davonflog. Quim wurde von seinem Vater huckepack genommen, und so nutzte Lídia die Gelegenheit, um nach Noras Hand zu greifen. Sie mussten das Gleis überqueren, doch zuerst würden sie unter dem Hauptbogen des dreigeteilten Bahnhofsportals hindurchgehen. Und so wie immer galt es dann, sich für einen der drei Wege zum See zu entscheiden.

Lídia hatte eine Vorliebe für den Weg, der nach links abbog, führte er doch zu einer Gruppe junger Pappeln mit biegsamen Ästen, in deren Nähe ein alter Baumstamm lag, breit genug, um sich daraufsetzen zu können. Nur war dieser Platz manchmal schon belegt. Neben Nora schnaufte Marieta. Sie trug ein gestreiftes Strandkleid, das am Armausschnitt spannte und vom Dekolleté bis unter die Knie durchgehend geknöpft war. Ein paar Knöpfe schienen jeden Moment abspringen und sich so ihrer schweren Aufgabe entledigen zu wollen. Der Junge quengelte, er wolle zu Senyora Lídia, und streckte einen Arm nach ihr aus, doch von seinem Vater bekam er ein strenges Nein zu hören. Verstohlen drückte Lídia Noras Hand und meinte zu ihr:

– Er ist ja noch so klein!

– Ich glaube nicht, dass er es schafft, schwimmen zu lernen.

– Wer weiß, schau mal, du bist viel jünger als ich und kannst es viel besser.

– Aber du hast es mir beigebracht, du hast mich unter dem Bauch gehalten, bis ich allein schwimmen konnte. Ich fand es ja so schön, als wir nur mit meinen Eltern hergekommen sind!

Lídia brach in ein schallendes Lachen aus, und Nora bemerkte, wie ihre großen hellbraunen Augen, die sie an Zimt erinnerten, zu glänzen begannen und wie sich ihre Lippen öffneten und ihre so regelmäßigen, strahlend weißen Zähne sichtbar wurden. Und da musste sie selbst lachen, denn schließlich hatte sie sich endlich getraut, etwas auszusprechen, das sie schon lange umtrieb, und der Mensch, von dem sie sich wünschte, er wäre ihre Mutter, hatte es verstanden.

II

Vor elf zeigte sich die Sonne noch gnädig und so nahmen wir die Abkürzung am schon abgemähten Weizenfeld entlang, um kurz darauf zwischen den Pappeln in der Nähe des Wassers unseren Weg fortzusetzen. Dort gab es nur wenig hinderliches Gestrüpp, sodass wir leicht vorwärtskamen. Die Kommentare waren immer die gleichen: Bald können wir endlich baden; gut, dass wir den Ball dabeihaben und den Schwimmreifen; wenn Toni kommt, gibt es Mittagessen; das Wasser dürfte eigentlich nicht allzu kalt sein. Und vor allem, wenn schließlich unser Lieblingsplatz vor uns lag und niemand war dort: Er ist frei!

Eigentlich war es Lídia, der dieser abgeschiedene Winkel am besten gefiel, und uns anderen war das Grund genug. Ich glaube, keiner von uns hatte sich jemals Gedanken darüber gemacht, ob er persönlich vielleicht einen anderen Ort vorziehen würde. Alle wollten wir ihr gefallen. Wie weit ein jeder von uns wohl gegangen wäre, um sie zum

Lächeln oder gar zum Lachen zu bringen? Heute, mit dem Abstand der Zeit, der die Erinnerungen in einem anderen Licht erscheinen lässt, stelle ich mir diese Frage, aber ich bin mir so gut wie sicher, dass uns damals gar nicht bewusst war, wie sehr wir ihr gefallen wollten.

An diesem Sonntag schien ihnen das Glück hold zu sein. Die Sonne hatte schon viel Kraft und ihr Lieblingsplatz war frei.

– Hast du gefrühstückt?

– O ja! Das ist schon ganz lange her!

– Von deiner Mutter weiß ich aber, dass du für gewöhnlich erst kurz, bevor du dich auf den Weg zum Bahnhof machst, etwas isst.

Wieder hatte Lídia auf diese ihr so ganz eigene Art gelacht und Nora bemerkte, dass Quims Vater sich umdrehte. Noch immer trug er den Jungen huckepack, der sich an seinen Rücken schmiegte wie eine Eidechse an einen sonnenwarmen Stein. Senyor Joaquim schaute Lídia an, als wolle er ihr etwas sagen, richtete seinen Blick aber gleich wieder auf den Weg, der nun von Steinen übersät und an beiden Seiten von Grasbüscheln gesäumt staubig und holperig hinunter zum See führte. Die Luft war erfüllt vom lästigen Geschwirr der Insekten. Ihr Vater hatte Nora gezeigt, wie man Heuschrecken fängt, aber sie konnte sich nicht so recht dafür begeistern. Die Beine der Heuschrecken waren kratzig und wenn Nora eine von ihnen in der Hand hielt, wusste sie nichts mit ihr anzufangen.

Die Körbe und Taschen hatten sie gerade abgestellt, und Quims Vater war dabei, den Campingstuhl für seine Mutter aufzuklappen, als der Junge mit einem Kick den mitgebrachten Ball ins Wasser beförderte. Lídia bat Nora, ihn zurückzuholen, doch Joaquim war bereits ins Wasser geeilt und stand im nächsten Augenblick auch schon wieder am Ufer, mit dem Ball in der Hand und bis zu den Knien nassen Hosenbeinen.

– Die trocknen schon wieder!

Milagros schimpfte mit Quim, drohte, ihm den Hintern zu versohlen, wenn er nicht brav sei, und Nachtisch gebe es dann auch nicht. Ihr Sohn machte ihr ein Zeichen, still zu sein, und sie gehorchte ihm sofort. Nora bedauerte es, dass nicht sie selbst den Ball von »diesem Kind« herausgeholt hatte, wie sie Quim für sich nannte. Seinen Namen vermied sie, diese eine Silbe, der sie sich nicht entziehen konnte, so als würde über ihrem Kopf unablässig eine Glocke bimmeln. Jetzt hörte sie, wie sein Vater mit ihm sprach.

– Quim, weißt du denn nicht, dass es noch zu früh zum Baden ist? Du kannst hier am Ufer mit dem Ball kicken. Und vielleicht mag ja Nora auch ein wenig mit dir spielen.

Milagros beobachtete alles durch ihre großen Brillengläser, nicht die kleinste Kleinigkeit entging ihr. Währenddessen hatte Lídia sich einen sonnigen Platz in der Nähe des Wassers gesucht, ihr großes gelbes Badetuch im Gras ausgebreitet und wollte gerade aus ihrem Kleid schlüpfen. Sie hatte Nora zu sich gerufen, die unter einer grünen Trägerlatzhose einen Pullover aus weißem Perlgarn trug, der ihr reichlich kurz war.

– Soll ich dir helfen?

– Ich wollte diesen Pullover nicht anziehen, aber Mutter hat nicht mit sich reden lassen.

Im nächsten Augenblick stand das Mädchen schon im Badeanzug da. Er war gesmokt und all die vielen Gummifädchen kräuselten den kürbisfarbenen Stoff in kleinen Falten um ihren Körper. Nora gefiel er kein bisschen. Lídia bat das Mädchen, es möge sich kurz vor sie stellen und das Handtuch hochhalten. Dann zog sie sich dahinter geschickt ihr Kleid aus.

– Fertig.

Nora verstand nicht, weshalb sich Lídia dazu hinter einem Handtuch verstecken musste, wo sie doch unter dem Strandkleid bereits ihren Badeanzug anhatte. Er war himmelblau, ganz schlicht, und betonte ihre gebräunte Haut, die dem Mädchen unglaublich zart vorkam. Nicht ein einziges Härchen war zu sehen. Zum Schluss schüttelte Lídia wie immer ihr welliges, kastanienbraunes Haar, das kaum einmal in Unordnung zu geraten schien.

–Wir müssen uns etwas eincremen, besonders im Gesicht und am Hals.

Nora hätte sich so gerne noch länger der sanften Massage dieser kräftigen Hände überlassen, die eine feuchte Schicht Nivea auf ihrer rosigen Haut verteilten und sie ab und zu mit den Fingernägeln kitzelten. Aber dann hatte dieses Kind geschrien:

– Ich auch, ich auch!

Sein Vater meinte zu ihm, sie hätten doch die gleiche Creme wie Senyora Lídia, noch dazu in einer Tube, was viel lustiger sei, aber da war nichts zu machen. Quim brüllte so lange wie am Spieß, bis Lídia sich erbarmte und ihn ebenfalls mit der weißen Creme aus ihrem flachen, tiefblauen Metalldöschen einrieb. Dann legten sich die Frauen auf ihre Badetücher, während Vater und Sohn Ball spielten. Nora setzte sich auf den großen Baumstamm, der zu dieser Jahreszeit kaum mehr als einen Meter vom Wasser entfernt lag, betrachtete den See und erahnte ganz in der Nähe den Schlamm.

Heute würde ich mich vor der Berührung meiner Fußsohlen mit dieser glitschigen, schokoladenbraunen Masse ekeln, obwohl es letzten Endes ja nichts weiter ist als Schlamm, feiner Schlamm, aus dem sich vielleicht ein Geschöpf formen und gestalten ließe, das sich auf dem Weg zur nächsten Lebensstufe befindet, der Jugend. Ich weiß noch, dass ich dieses Gefühl, wie die Füße leicht wegrutschen und doch Halt finden, damals sogar mochte, auch wenn sich mitten im Schlamm immer ein spitzer Stein befinden konnte, ein abgebrochener kleiner Zweig oder ein Glasstück, so wie die Scherbe, die sich Lídia an ebenjenem Tag in den Fuß trat.

In ihrer Erinnerung gab es kein Meer. Anders als Lídia war Nora in den Bergen geboren und aufgewachsen, aber die ruhige Weite des Sees mit seinem ständig wechselnden Farbspiel liebte sie über alles. Und Schwimmen war mit Abstand ihr größtes Vergnügen. Die schlanken Pappelstämme standen jetzt zum Teil im Wasser, und das ganze Jahr über würden sie einen Streifen behalten, der den Höchststand des Wasserspiegels zwischen Ende Juni und Anfang Juli markierte. Nora wusste, dass das, was vor ihr lag, in Wirklichkeit ein Stausee war, der einst ein Dorf namens Sant Miquel und mit ihm natürlich auch die umliegenden Felder geflutet hatte, damit dort ein riesiges Elektrizitätswerk entstehen konnte. Aber bei den Leuten in ihrem Städtchen hieß es immer nur, sie würden zum See fahren, und fast alle lernten dort schwimmen.

Nora hatte schon oft die Schleusen der Talsperre betrachtet, und immer, wenn sie sich vorstellte, wie das Wasser in die Häuser des menschenleeren Dorfes eingedrungen war, bekam sie eine Gänsehaut und versuchte, dieses Bild gleich wieder aus ihren Gedanken zu verscheuchen. Dort, wo die guten Schwimmer ihre Bahnen zogen, musste es in der Tiefe noch immer Mauergestein, Fliesen und Ackerboden geben. Und auch den Glockenturm der Kirche. Während sie ihre Augen über die friedliche Wasseroberfläche schweifen ließ, hörte sie die Stimme von Milagros, die unentwegt plapperte, und Nora drehte sich um, so als ob jemand nach ihr gerufen hätte. Lídia zwinkerte ihr zu. Das tat sie immer mit dem linken Auge, mit dem rechten war sie dazu nicht in der Lage, was schon einmal für sehr viel Heiterkeit gesorgt hatte. Wann durfte sie nur endlich ins Wasser?

III

Ich weiß noch, dass Quims Großmutter mir irgendwie Respekt einflößte und ich mich nicht traute, sie anzusprechen. Milagros war immer schwarz gekleidet, sogar ihre Strümpfe waren schwarz und ihre Brille hatte dunkel getönte Gläser. Ihr Gesicht war fein geschnitten und von grauem Haar umrahmt. Die Hitze schien ihr nichts auszumachen. Sie stand kaum einmal vom Stuhl auf und doch hatte man den Eindruck, nichts und niemand würde ihrer Aufmerksamkeit entgehen. Wenn Quims Vater nicht in der Nähe war, schimpfte sie oft mit dem Jungen. Der hielt zwar einen Augenblick inne, rückte dann aber einfach ein Stück von ihr weg und kümmerte sich nicht weiter um sie. Bloß Widerworte, die gab er ihr nie, wohl aber seiner Mutter. Senyor Joaquim hielt Milagros in Schach, verbot ihr oft den Mund. Marieta hingegen ließ ihre Schwiegermutter einfach reden und machen, die zwei Frauen schienen sich immer einig zu sein. Milagros war allerdings die Leb-

haftere der beiden, doch irgendwann fielen auch ihr die Augen zu.

Wie fast alles kam endlich auch der lang ersehnte Moment, aber die Temperatur des Wassers ließ nicht nur Noras Körper, sondern auch ihre Begeisterung ein wenig abkühlen. Warum nur musste es immer so eisig kalt sein? Doch als sie sah, wie sich Lídia, nachdem sie ihr Haar unter einer weißen Gummibadekappe versteckt hatte, in den See gleiten ließ, warf sich das Mädchen ins Wasser. Sogar ihr Pferdeschwanz wurde nass dabei und hing nun dunkel und schlaff herunter. Lídia bewegte sich von einem Baum zum nächsten und manchmal nahm sie dabei die Äste zu Hilfe. Hier trug sie das Wasser nicht so wie im Meer, was sie vorsichtig sein ließ, aber der See war ruhig und das bescherte ihr ein angenehmes Gefühl. Voller Bewunderung blickte sie zu Nora, die sich traute, die Pappeln hinter sich zu lassen. Dabei schien es doch erst gestern gewesen zu sein, dass sie ihr mit flach ausgestreckten Händen den kleinen Bauch gehalten hatte, während das Mädchen unverdrossen mit Armen und Beinen um sich schlug. Eines Tages, die Kleine war ganz und gar in ihre Schwimmbewegungen vertieft, hatte sie einfach die Hände unter dem leichten Kinderkörper weggezogen, und er war nicht untergegangen. Nora konnte schwimmen! Sie hatte kein bisschen Angst, aber Lídia ließ sie trotzdem nie aus den Augen. Sie rief sie zurück, wenn Nora dorthin schwamm, wo sie nicht mehr stehen konnte. Und das Mädchen gehorchte ihr sofort. Das war die Bedingung, unter der Lídia sie mit an den See nahm. Eindringlich hatte sie ihr dies in Gegenwart der Eltern zu verstehen gegeben.

Lídia war sich sehr wohl bewusst, dass es Nora gewesen war, die ihr Gesellschaft geleistet hatte, als der Verkäufer und seine Familie zum Baden noch nicht an dieselbe Stelle gefahren waren wie sie, und sie wusste auch, wie sehr das Mädchen diese Zeit vermisste. An diesem Morgen schwammen die beiden von einer Pappel zur nächsten. Waren sie an einem Baum angelangt, berührten sie den Boden mit den Füßen, und immer, wenn Nora dabei das Wasser bis zum Hals reichte, schaute sie zu Lídia. Sie legten eine kleine Pause ein, dann schwammen sie wieder los, um sich nur kurze Zeit später an den nächsten Baumstamm oder an einen starken Ast zu klammern. Und sogleich, fast wie auf Kommando, begannen sie, in einer Art Lärm- und Schaumwettbewerb, wild mit den Füßen zu strampeln. Quim wollte ihnen nacheifern, also packte ihn sein Vater und versuchte, ihm zu zeigen, wie er es anstellen sollte. Aber der Junge hatte sich in den Kopf gesetzt, von Lídias Armen gehalten zu werden, und schließlich, um dem zuvorzukommen, verließ diese mit Nora das Wasser und sagte, sie würden sich jetzt ein wenig sonnen. Am Ufer nahm Lídia ihre Badekappe ab und das kastanienbraune Haar wallte um ihr Gesicht. Nora fand sie so noch viel schöner, obwohl die schmale, gerade Nase, die großen Augen und der empfindsame Mund mehr hervorgehoben wurden, wenn sie ihre Lockenpracht hochgesteckt trug.

Marieta, die nie ins Wasser ging, schien auf ihrem Handtuch eingeschlafen zu sein. Ohne sich auch nur im Geringsten zu rühren, lag sie da in ihrem Badeanzug mit den großen, fuchsiafarbenen Blumen auf einfarbig dunklem Grund, während Milagros ihren Blick weiter hin und her wandern ließ und nicht aufhörte zu reden, auch wenn sie dieses Mal offenbar zu sich selbst sprach.

Es tat so gut, vom Wasser erfrischt in der Sonne zu liegen, und als Lídia ihr später vorschlug, wieder schwimmen zu gehen, war Nora beinahe eingeschlafen. Sie hatte in der Nacht kaum ein Auge zugetan, so aufgeregt war sie bei dem Gedanken gewesen, es könne schlechtes Wetter geben.

Als die beiden gerade dabei waren, wieder ins Wasser zu gehen, machte Quim sich einen Spaß daraus, sie nass zu spritzen. Sein Vater versuchte, ihn zu fassen zu bekommen, aber da ließ sich der Junge auf den Po plumpsen und fing an zu weinen. Lídia ging auf ihn zu, während Nora, die bereits bis zu den Knien im See stand, sich nicht rührte. Sie sah es schon kommen, wegen diesem Kind könnten sie das zweite Bad am Morgen vergessen. Doch ganz so war es dann doch nicht, denn plötzlich zog Lídia ein schmerzverzerrtes Gesicht und humpelte zurück zum Ufer.

– Autsch! Ich glaube, ich habe mich geschnitten!

Nora sah, dass Marieta mühsam versuchte, sich aufzurichten, so als hätten diese Worte sie wie ein Wecker aus dem Schlaf gerissen. Lídia saß schon mit nach vorne gebeugtem Rücken auf dem großen Baumstamm und Senyor Joaquim, zu ihren Füßen, untersuchte die Schnittverletzung. Unterdessen hatte der Junge aufgehört zu heulen. Er war nähergekommen und betrachtete interessiert die Wunde. Nora kam von der anderen Seite heran und beim Anblick des Blutes spürte sie, wie sich ihr Mund mit Speichel füllte. Sie schluckte ihn hinunter. Und dann geschah etwas, an das sie sich immer erinnern würde und dieser kleine Junge, Quim, sicherlich auch. Der Verkäufer aus dem Schuhgeschäft erhob sich von den Knien, ging zu seinem Korb und nahm eine Flasche Wein heraus.

– Lassen Sie es gut sein, Senyor Joaquim, lassen

Sie es gut sein, es hört ja schon auf zu bluten. Nora, schaust du bitte in den Taschen von meinem Kleid nach und bringst mir das Taschentuch?

Als das Mädchen angerannt kam, in der Hand das Stück Stoff aus weißer Baumwolle, das mit kleinen Blumen bedruckt und zu einem Dreieck gefaltet war, hatte Quims Vater bereits einen guten Schuss Wein über die Schnittwunde am linken Zeh gekippt und eine dunkelviolette Flüssigkeit ergoss sich ins Gras.

– Das desinfiziert!

Nora reichte Lídia das Taschentuch, aber bevor diese es entgegennehmen konnte, griff Senyor Joaquim danach. Die Weinflasche hatte er bereits verschlossen und nun kniete er wieder vor Lídia und wickelte das Taschentuch geschickt und sehr sanft um ihren Fuß.

– Tut es weh?

– Nein, gar nicht! Los, Nora, wenn du noch mal baden willst, dann jetzt, denn bald kommt mein Mann und der wird einen Bärenhunger haben!

Während Senyor Joaquim die Weinflasche ins Wasser stellte, wo er sie gegen einen Stein lehnte, damit sie nicht umfiel, sprang das Kind schon wieder hinter seinem Vater auf und ab und fragte, ob es dann mit dem Hund spielen dürfe.

– Wenn du artig bist, ja.

Quims Mutter sprach am wenigsten von allen, und wenn sie doch einmal redete, dann, um die anderen oder das, was diese hatten, in den höchsten Tönen zu loben. Sie hielt sich immer diskret im Hintergrund, so als wäre sie für die Gruppe ohne Bedeutung. Ich erinnere mich an sie in einem Badeanzug, den ich einfach nur schrecklich fand, vielleicht weil sie dick war und er ihr zu klein gewesen sein dürfte, genauso wie ihr Strandkleid. Jeden Sonntag erzählte sie mir aufs Neue, dass sie nicht schwimmen könne und sie den Schlamm ekelhaft finde. Ich würde sagen, so heiß es auch gewesen sein mochte, sie hat nie auch nur einen Fuß in den See gesetzt.

Marietas Gesicht war rot und ihr Rücken war es ebenfalls. Die ganze Zeit über hatte sie kein Wort gesagt, während Milagros an Fälle mit infizierten Schnittwunden erinnerte und ihrer Empörung über zerbrochene Glasflaschen Luft machte, die flegelhafte Zeitgenossen einfach am See zurückließen. Nach einer kurzen Pause meinte sie noch, das Wasser trage zwar die Scherben mit sich fort, spüle sie dann aber wieder ans Ufer und das sei der Grund für all die Unfälle. Nora schaute zu Lídia, die sie anlächelte und ihr ein Zeichen gab, sie solle ruhig wieder ins Wasser gehen. Sie sagte:

– Ich weiß nicht, ob ich heute noch einmal baden kann.

Und wie ein Orakel verkündete Milagros daraufhin, das solle sie auch besser sein lassen, denn anderenfalls brauche die Wunde, weil sie ja wieder feucht würde, viel länger, um zu verheilen. Dann rief sie nach ihrer Schwiegertochter:

– Marieta, Marieta!

Nora entschied, dass sie keine Lust hatte, noch einmal schwimmen zu gehen. Sie hätte sich so gefreut, wenn ihre Schulfreundin, wenn Agnès mit ihr an den See gekommen wäre. Dann hätten sie gemeinsam etwas unternehmen können, aber die Eltern von Agnès waren strikt dagegen gewesen. Was für ein Jammer.

Sie ging zu Lídia.

– Darf ich einen Spaziergang zum Schilf machen?

– Nein, nicht ganz allein.

Nora fragte Marieta, ob sie sie begleiten wolle, und die rief gleich nach Quim. Was sie auch taten, dieses Kind musste immer dabei sein. Bevor die drei losgingen, sah das Mädchen, wie Lídia sich wieder auf ihr Handtuch legte und Senyor Joaquim sich ein Stück von ihr entfernt hinsetzte. Wenn ihre Eltern mit an den See gekommen wären, dann hätte sie diesen Spaziergang mit ihrem Vater machen können.

IV

Ich muss an meine Mutter denken, die sich vor dem See ängstigte und sich doch vom Wasser angezogen fühlte, vielleicht weil es ihr immer so heiß war. Warum kam sie am Sonntag nicht mit uns? Das Mittagessen zu kochen schien für sie so etwas wie eine heilige Verpflichtung zu sein, obwohl Vater an diesem Tag wahrlich nichts dagegen gehabt hätte, einfach ein Stück Brot mit Käse oder sonst irgendetwas zu essen, damit sie mit uns an den See fahren konnte. Aber meiner Mutter war das nie recht.

– Dein Vater bleibt lieber zu Hause, wo er seine Ruhe hat, und einer muss ihm schließlich das Mittagessen kochen.

Davon ließ sie sich nicht abbringen. War es dermaßen wichtig, eine untadlige Hausfrau zu sein? Irgendwie ahnte ich aber, dass sie sich im Grunde am See auch nicht mehr wohlfühlte, denn seitdem ihr Cousin und seine Frau das Schuhgeschäft hatten, waren sonntags immer der Verkäufer und seine

Familie mit von der Partie. Es hatte nichts damit zu tun, dass Mutter uns für etwas Besseres hielt, da bin ich mir ganz sicher, sie fühlte sich in ihrer Gegenwart nur einfach nicht so ungezwungen, als wenn sie allein mit Lídia, Toni und mir dort gewesen wäre. Außerdem strengten kleine Kinder wie Quim sie an, das Geflenne und Genörgel zerrten an ihren Nerven. Und dann konnte sie ja auch nicht die ganze Zeit über den Schwimmreifen für sich in Beschlag nehmen, doch nur mit ihm traute sie sich überhaupt in den See. Gesagt hat sie mir das allerdings nie, sie machte nur Kommentare wie:

– Die Blagen rauben einem den letzten Nerv!

Oder aber, in Bezug auf Senyor Joaquim:

– Man könnte meinen, er bekomme nie genug von ihnen. Da sehen sie sich schon die ganze Woche über und dann auch noch am Sonntag.

Marieta, Quim und Nora nahmen einen der Pfade, der parallel zum See verlief. Am Wegrand wuchsen Brombeersträucher, es gab Zürgelbäume und auch den einen oder anderen kleinen Feigenbaum, doch Nora mochte vor allem das Röhricht, weil Toni ihr dort einmal vor vielen Jahren ein Stück Schilfrohr abgeschnitten hatte, um Löcher hineinzuschnitzen, in die sie pusten sollte. All ihren kindlichen Willen hatte sie damals zusammengenommen und zur Freude der Erwachsenen dem Schilfrohr ein paar Töne entlockt, dabei war sie doch noch so klein gewesen.

Als sie im Röhricht ankamen, wollte Quim unbedingt ein Schilfrohr haben, aber Marieta hatte Angst, er könne sich daran schneiden. Da lenkte Nora seine Aufmerksamkeit auf einen gelben Schmetterling, der gerade über der Blüte einer Waldrebe aufgetaucht war, und sie folgten ihm durch das Schilf. Quims Mutter sah das Mädchen dankbar an. Schließlich kehrten sie zum Seeufer zurück, wo sie jede Menge flache Steine fanden, mit denen es sich gut werfen ließ, und so versuchten sie eine Weile, die Steine über das Wasser hüpfen zu lassen. Nora betrachtete die Pappeln, die breiten, hellen Streifen auf den Stämmen, die aus der Zeit herrührten, als die Bäume einmal besonders tief im Wasser gestanden hatten. Die heruntergefallenen Blätter, die sich auf dem See wiegten, waren schwarz geworden und legten sich um das Ufer wie eine dunkle Borte, die sich fast unmerklich hin und her bewegte. Nora hatte bislang nie auf sie geachtet. Auf der Erde lagen Äste in allen Größen, mal mehr, mal weniger dick, und Quim hob einen auf, den er wie ein Gewehr auf das Mädchen richtete, ohne dass Marieta ihn davon hätte abbringen können. Ab und an trafen sie auf Badegäste, die im selben Zug gekommen waren wie sie, und Marieta grüßte freundlich. »Bon dia.« »Guten Tag.« Während sie ihren Weg fortsetzten und dabei immer wieder kleinen Hindernissen ausweichen mussten, zeigte Quims Mutter auf eine Steineiche und erklärte ihnen, dass all die vielen Blätter mit ihrem ringsum gewellten Rand das ganze Jahr über so grün seien wie jetzt, sommers wie winters. Als sie zu »ihrer« Stelle hinübersahen, hielt dort gerade Tonis roter Seat. Quim rannte los und machte lautstark seinen Anspruch auf Llamp geltend. Am Auto angekommen, ermahnte ihn Toni:

– Was macht man zuerst?

Er hatte den Jungen hochgenommen und Quim drückte ihm seine Lippen auf die Wange. Mittlerweile war auch Nora hinzugekommen, und ohne dass Toni sie dazu hätte auffordern müssen, gab sie ihm einen Kuss zur Begrüßung, während das Kind wie eine Kirchenstatue von oben auf sie herabsah.

– Llamp ist völlig aus dem Häuschen, er vermisst sein Frauchen, das werdet ihr gleich sehen. Ich lass ihn jetzt raus, aber fasst ihn nicht an, jetzt noch nicht. Passt nur mal auf, wohin er läuft.

Toni öffnete die Wagentür und wie ein Pfeil schoss der schwarze Cockerspaniel direkt auf Lídia zu und sprang stürmisch an ihr hoch. Vielleicht ging es Nora in diesem Augenblick durch den Kopf, dass Lídia einfach von allen geliebt wurde, sogar von den Tieren, vielleicht kam ihr dieser Gedanke aber auch erst später. Ganz im Stillen wünschte sie sich allerdings zum ersten Mal nicht so sehr, sie zur Mutter zu haben, sondern so zu sein wie sie.

Der Hund hörte nicht auf, an Lídia hochzuspringen und sie abzulecken, war sie es doch, die sich tagein, tagaus um ihn kümmerte, bis Toni mit autoritärer Stimme nach ihm rief:

– Llamp! Hierher!

Er packte den Hund am Nacken und erst da erlaubte er Quim und Nora näherzukommen. Der Junge streckte etwas ängstlich seine Hand aus und streichelte Llamp nur zaghaft über den Rücken. Nora dagegen, die den Hund gut kannte, fuhr mit ihrer Hand über seinen flachen Kopf bis hin zu den Ohren und Llamp leckte sie ab.

– Aber dass du mir jetzt ja nicht die Hand in den Mund steckst!

Toni behandelte Nora, als wäre sie noch immer ein kleines Mädchen. Erinnerte er sich denn nicht mehr daran, dass sie vor Kurzem zwölf geworden war? Während er einen Stock weit weg schleuderte, damit Llamp ihn zurückholte, ging Nora zum See, um ihre Hand ins Wasser zu tauchen. Als sie zu den anderen zurückkehrte, sah sie, wie Senyor

Joaquim mit einem Zweig im Schlamm herumstocherte. Lídia hatte ein Tischtuch auf dem Boden ausgebreitet und schickte sich an, das Essen aus dem Korb zu nehmen. Da fiel Nora ein, dass ihre Mutter ihr einen geschmorten Hähnchenschenkel eingepackt hatte, auf den sie so gar keinen Appetit hatte, und von daher entschloss sie sich, das Essen ein wenig hinauszuzögern und doch noch einmal schwimmen zu gehen. Auf ihrem Spaziergang mit Marieta und diesem Kind hatte sie ziemlich viel Sonne abbekommen und so schien ihr das Wasser noch kälter zu sein als zuvor. Bald schon aber überwand sie sich und schwamm mit ein paar Zügen zwischen den Pappeln hindurch auf den See hinaus, dorthin, wo keine Bäume mehr standen. Sie wollte weg von dieser ganzen Bagage. Der Tag war längst nicht so schön, wie sie es sich vorgestellt hatte, und mit einem Mal war ihr zum Weinen zumute.

Plötzlich hörte sie Lídia mit aufgebrachter Stimme nach ihr rufen und abrupt drehte sie sich um. Die brüske Bewegung ließ sie für einen Augenblick untertauchen und eine gehörige Portion Wasser schlucken. Ein wenig erschrocken schlug sie mit Armen und Beinen um sich, kam aber gleich wieder an die Oberfläche und schwamm zurück, bis sie erneut in Reichweite der Pappeln war und sich an einem der Äste hochziehen konnte. Unter ihren Fußsohlen spürte sie den weichen Schlamm. Es war eine Art Liebkosung, die sie ausrutschen ließ. Senyor Joaquim streckte ihr seine Hand entgegen. Nora ergriff sie, auch wenn es gar nicht mehr nötig war. Neben ihm am Ufer stand Lídia und der Ausdruck in ihrem schönen Gesicht verhieß nichts Gutes.

– Du kannst doch nicht einfach ins Wasser gehen, ohne vorher Bescheid zu sagen, das weißt du doch ganz genau. Wenn du dich so über meine Anweisungen hinwegsetzt, dann ist es aus mit dem See.

– Aber du selbst hast mir doch gesagt, ich soll ruhig wieder schwimmen gehen!

– Das ist aber schon eine ganze Weile her und ich war jetzt mit völlig anderen Dingen beschäftigt!

Nora machte einen Bogen um diejenige, die sie zurechtgewiesen hatte, nahm ihr Buch aus der Tasche – es war ein Abenteuerroman, einer von denen, die ihr Vater zum Zeitvertreib las – und legte sich mit dem geschlossenen Buch in der Hand bäuchlings auf ihr Handtuch. Sie zitterte ein wenig in der Sonne.

– Warum schimpfst du mit ihr? Du siehst doch, dass sie schwimmen kann.

V

Ich habe festgestellt, dass wir in traurigen Momenten imstande sind, Dinge zu sehen, die uns sonst verborgen bleiben. Damals habe ich sicherlich zu den Bergen auf der anderen Seeseite geschaut. Fast alle haben sanfte, abgerundete Formen und je nach Tageszeit oder Wetter wechseln sie ihre Farbe, so wie eine jede andere Landschaft auch, nehme ich an, aber für mich war diese eben etwas ganz Besonderes und ist es noch immer. Niemals hätte ich mir vorstellen können, dass ich ein paar Jahre später dieses Ufer, den Ort, an dem wir so viele Sonntage verbracht hatten, von der Mitte des Sees aus betrachten würde und all das, was mir einst so viel bedeutete, in gewisser Weise das Verfallsdatum überschritten hatte.

Toni und Lídia waren sich in dieser Sache nicht einig. Nora lauschte ihrem Wortwechsel und beobachtete sie, den Tränen nahe, aus den Augenwinkeln. Aber es gefiel ihr, dass die beiden über sie redeten. Dann warf Lídia Toni vor, dass er sich keine Badehose angezogen hatte, denn so, wie er gekleidet war, wäre er im Ernstfall wohl kaum eine Hilfe gewesen. In diesem Augenblick bemerkte Toni den verbundenen Fuß seiner Frau und dann ging es nur noch darum. Er wollte sehen, was sie sich getan hatte, und meinte, vielleicht sollten sie besser zum Arzt fahren, anstatt zu Mittag zu essen. Marieta versuchte, etwas zu sagen, doch Toni, der nicht gewillt war, sich, von wem auch immer, dreinreden zu lassen, fuhr ihr über den Mund. Plötzlich war ein Aufschrei des Triumphes von Joaquim zu hören.

– Da ist er ja!

Mit einem Zweig hatte er einen Flaschenhals mit messerscharfen Kanten aus dem Schlamm hervorgezogen.

– So ein Sauvolk!

Joaquim, gefolgt von seinem Sohn, machte sich daran, den Flaschenhals zu vergraben, und versicherte, sie würden ein richtig tiefes Loch buddeln. Llamp trollte sich wieder zu seinem Frauchen. Nora hörte »Sitz!« und gleich darauf die Stimme von Milagros, die erneut anfing, von Glasscherben und Schnittverletzungen zu sprechen, von Menschen, die sich an Spießen, Sägen und Messern verletzt hätten, bis Marieta sie um etwas Wasser bat. Nora, die noch immer mit den Tränen zu kämpfen hatte, starrte blinzelnd auf eine Ameise, als jemand mit einem verbundenen Fuß auf sie zukam.

– Komm, ich brauche deine Hilfe!

Im Hintergrund hörte man Toni fragen, wer sich denn den Wein reingezogen habe, und Marieta beeilte sich, ihm zu erklären, wofür ihr Mann den Wein gebraucht hatte.

Mit einem Mal fuhr ein Windstoß durch die bunt zusammengewürfelte Schar. Lídia empfand ihn wie eine Meeresbrise und musste instinktiv lächeln. Sanft wehte der Lufthauch über Noras feuchten Hinterkopf hinweg, ließ Marietas verschwitzten Rücken erschaudern und schenkte ihr so ein angenehmes Gefühl von Frische. Wie eine kleine Welle strich er über Quims Haar, um es kurz aufzubauschen, und streifte dann Joaquims akkurat ausrasierten Nacken, als würde er ihn in seinem Fieber warnen wollen. Die Einzige, der auffiel, dass sich die Blätter der Pappeln hin und her bewegten, so als wären sie geheimnisvolle Glöckchen, die jeden Augenblick anfangen würden, leise zu klingeln, war die alte Frau, war Joaquims Mutter, die die Eigenschaft besaß, von den anderen nicht mehr wahrgenommen zu werden, sobald sie nur schwieg.

Die Teller und Becher aus Plastik, das Besteck, der Henkelmann, schon längst war alles wieder ordentlich in den Picknickkörben verstaut. Lídia, die auf dem Klappstuhl saß, den sie am Morgen in das Auto ihres Mannes gelegt hatte, hielt die Augen geschlossen. Sie schlief nicht, sie hing ihren Tagträumen nach. Vom benachbarten Weizenfeld, an dem der Weg vom Bahnhof zum See vorbeiführte, drang das enthemmte Zirpen der Grillen zu ihr. Der See lag völlig ruhig da, niemand badete. Hatte man zur gewohnten Zeit zu Mittag gegessen, würde sich das auch niemand trauen, besagte doch die eiserne Regel, dass man mindestens zwei Stunden verstreichen lassen müsse, sonst drohten Magenkrämpfe und Schlimmeres. Von Nora verlangte Lídia sogar, drei Stunden zu warten, und nur, wenn das Mädchen sich sehr ungeduldig zeigte, erließ sie ihr manchmal eine kleine halbe Stunde. Aber nicht daran dachte Lídia, sondern allein an Momente wie diesen, in denen sich eine große Ruhe in ihr ausbreitete. Ihr Mann saß auf dem Rücksitz seines Wagens und streckte die Füße zum Fenster hinaus. Marieta, mit Quim an ihrer Seite, war eingeschlafen. Das Mädchen lag bäuchlings hinter ihnen auf dem Boden und las in ihrem Buch. Senyor Joaquim war kurz verschwunden, war mit lautlosen Schritten dem Gras und den Schösslingen gefolgt, die am Seeufer wuchsen. Jetzt saß er ungefähr drei Meter von ihr entfernt auf dem Baumstamm, mit dem Zweig in der Hand, der ihm bei der Suche nach der Glasscherbe als Schaufel gedient hatte. Er schien den See zu betrachten. Lídia war dankbar für diese Stille.

Wenn sich das strahlende Sonnenlicht weg vom Ufer, weg von den Sträuchern und zittrigen Blättern der Pappeln, wenn es sich weg vom Land mitten auf dem Wasser zu bündeln scheint, ist das eine besonders schöne Stunde am See. Die Menschen, so als würden sie regungslos in einem Gemälde verharren, neigen dann dazu, sich in sich zurückzuziehen. Kommt dazu ein wenig Wind auf, wird das Wohlbehagen noch gesteigert, und man hat den Eindruck, als würde dieses Glücksgefühl einen jeden von nun an für immer begleiten.

VI

Es geschah an jenem Sonntag, der wie jeder andere begonnen hatte und ein prächtiger Tag zu werden versprach. Die Sonne strahlte, alle waren wir gekommen und schienen vor guter Laune schier zu bersten, als wir mit Senyor Joaquims Hilfe aus dem Waggon stiegen, er uns einen kleinen Sprung machen ließ und dann anlächelte. Der Abstand vom Trittbrett bis zur Bahnsteigkante war ziemlich groß und so hielt sich eine jede von uns für einen Augenblick an ihm fest. Kaum standen wir wieder auf unseren Füßen, erinnere ich mich, dass Lídia, Marieta und sogar Milagros über irgendetwas lachen mussten. War Quims Mutter vielleicht ein Knopf vom Kleid abgesprungen, weil es sich so sehr über ihrem Busen spannte? Blitzte jedes Mal, wenn er einer von uns seine Arme entgegenstreckte, der Bauchnabel von Senyor Joaquim hervor? Mir ist, als sähe ich noch immer die drei Frauen miteinander lachen. Quims Großmutter, ganz in Schwarz gekleidet; Marieta, mit roten Wangen und ihrem gestreiften Strandkleid, das an den Achseln Falten warf und auch an den Oberschenkeln zu eng saß; Lídia, mit ihrer natürlichen Schönheit, jeder Zoll eine Königin, und das, ohne es sein zu wollen. Und schließlich war da noch der Junge, der wie immer danach verlangte, im Mittelpunkt zu stehen. Und ich, wo war ich eigentlich?

Am Morgen hatte Lídia mit ihrer Schwester telefoniert und war von ihr wieder einmal mit Fragen überschüttet worden. Wie es ihr denn mit Toni gehe, ob sie glücklich sei, und Lídia hatte nicht gewusst, was sie ihr antworten sollte. Ihre Schwester hatte ihr auch erzählt, dass Ernest, ein ehemaliger Verehrer, sich noch immer nach ihr erkundige. Toni und sie waren schon fünf Jahre verheiratet und hatten bis jetzt keine Kinder, aber es ging ihr gut und was für einen Sinn machte es da, sich zu fragen, ob sie mit einem anderen Mann, mit Ernest etwa, glücklicher gewesen wäre, in Barcelona und mit Kindern?

Plötzlich begannen die Blätter der Pappeln zu tanzen, ein warmer Windhauch wehte durch den Schatten und ließ vor ihren Augen ein reizvolles Bild entstehen. In solchen Momenten war sie glücklich, vermisste so gut wie gar nicht das Meer und auch nicht den Strand. Dort war eine solche Ruhe nahezu undenkbar und es gab auch nicht all diese Schattierungen von Grün und keine so herrlichen Berge wie hier auf der anderen Seite des Sees. Auf den einen, ganz hinten, fiel die Nachmittagssonne und ließ seine erdige Farbe in allen möglichen Rottönen leuchten.

Etwas später, wenn sie alle wieder baden gingen, könnte sie noch einmal die erfrischende Liebkosung des Wassers genießen. Aber gleich darauf würde Toni sie wie immer zur Eile antreiben und sie ihm entgegnen, dass sie vorhabe, mit den anderen im Zug zurückzufahren. Dann würde er nach Llamp pfeifen und sich im nächsten Augenblick darüber ärgern, dass der Hund noch nass war und er nicht daran gedacht hatte, ein altes Laken auf den Sitz zu legen. Jetzt schloss Lídia die Augen. Am Abend wollte sie noch in eines der beiden Kinos gehen. Sie hatte sich die Aushänge angeschaut und das Programm schien interessant zu sein. Bestimmt würde Noras Mutter sie begleiten. Lídia sank zurück in dieses Gefühl des Wohlbehagens und schlief schließlich ein.

Zwei Stimmen und ein leise geführtes Gespräch weckten sie wieder auf. Ihr Mann und der Verkäufer unterhielten sich in der Nähe des Wassers, ein paar Schritte von ihr entfernt. Sie bewegte sich nicht, öffnete noch nicht einmal die Augen. Sie fand, dass Toni sich immer weniger im Geschäft blicken ließ. Mehr und mehr war er auswärts unterwegs, kaufte in großen Mengen Waren ein, um sie dann weiter zu verkaufen oder einzutauschen. Währenddessen musste Senyor Joaquim zusehen, wie er mit der Kundschaft und den Lieferanten klarkam, und fragte sie deshalb ständig um Rat. Als sie merkte, dass die Männer noch leiser sprachen oder aber sich in Richtung Auto entfernt hatten, öffnete sie die Augen und drehte den Kopf. Ihr Blick fiel auf Nora, die, nach wie vor in ihr Buch vertieft, auf ihrem Handtuch lag. Das Mädchen war ruhig und meist folgsam, doch konnte sie manchmal auch recht eigenwillig sein. Vorhin war sie aber wohl doch etwas zu streng mit ihr gewesen. Ganz in der Nähe saß Senyora Milagros mit geschlossenen Augen auf ihrem Stuhl und ein paar Schritte von ihr entfernt schlief Marieta und hielt dabei Quim fest umschlungen. Wie oft hatte Lídia davon geträumt, so die Arme um ihren eigenen kleinen Jungen oder ihr eigenes kleines Mädchen zu legen, ein Kind, das zu Toni und ihr gehörte, eng an ihren Körper geschmiegt. Ihr Mann war ganz vernarrt in Kinder, aber je mehr Zeit verging, desto mehr hatte sie sich an die Vorstellung gewöhnt, dass zu zweit eigentlich alles viel einfacher sei. Llamp lag auf der Seite, hatte alle vier Pfoten und den Schwanz weit von sich gestreckt, er schlief. Bei dieser Hitze musste man wahrlich keinen Gedanken daran verschwenden, dass er die Autositze nassmachen könnte. Allmählich entfernte sich das Licht vom Ufer, bald würden die Pappeln im Schatten stehen, die Sonne dagegen strahlend hell mitten über dem Wasser und der anderen Seeseite scheinen. Von dort, wo Lídia sich befand, konnte man eine gerade Linie bis zum gegenüberliegenden Ufer ziehen und die Strecke schien gar nicht einmal so lang zu sein. Es gab gute Schwimmer, die diese gewaltige Wassermasse an der Stelle durchquerten, wo es am tiefsten war, und dann wieder zu ihrem Ausgangspunkt zurückkehrten. Wie gern sie das doch auch getan hätte! Richtig schwimmen oder sich zumindest auf dem Rücken treiben lassen können!

Plötzlich hörte sie, wie Toni in einem recht barschen Ton zu ihr sagte:

– Wenn du in die Nachmittagsvorstellung willst, müssen wir in fünf Minuten los!

Nora hatte sich aufgerichtet und ohne ein Wort zu sagen ging sie gleich zu Lídia. Llamp war aufgesprungen, er blieb stehen und schüttelte sein Fell. Marieta hatte die Augen geöffnet, sich aber noch nicht gerührt. Joaquim hielt den Kopf gesenkt, so als würde er über etwas nachdenken. Er saß wieder auf dem Baumstamm und schien noch immer in den Anblick der Bäume und des Sees versunken zu sein.

– Ich geh mit deiner Cousine doch erst in die Abendvorstellung.

– Ich weiß nicht, was du daran findest, den lieben langen Tag an diesem Ort hier zu verbringen. Ich fahr jetzt jedenfalls ins Café.

– Du könntest doch hierbleiben und schwimmen gehen. Und gegen sieben, wenn die anderen den Zug nehmen, fahren wir gemeinsam nach Hause.

– Komm, Llamp!

Der Hund lief zum Auto und Quim, der aufgewacht war, während Toni und Lídia miteinander redeten, fing an zu weinen. Er hatte bislang nicht mit Llamp spielen können und das wollte er doch unbedingt. Da stand sein Vater auf und nahm ihn auf den Arm.

– Du und ich, wir gehen jetzt schwimmen, was hältst du davon? Und danach spielen wir Fußball.

Doch das Kind hörte nicht auf zu weinen, und Toni, der gerade losfahren wollte, stieg wieder aus.

– Dann lass ich euch den Hund eben hier und ihr nehmt ihn mit zurück im Zug.

– Aber da ist er uns doch nur ein Klotz am Bein! Mit ihm über die Gleise und dann die Stufen hoch zum Waggon, und überhaupt, die Leute im Zug werden alles andere als begeistert sein, vor allem, wenn sein Fell noch nass ist.

– Ja, und jetzt?

Nora sagte, sie würde mit Quim Fußball spielen und später könnten sie ja wieder baden gehen, und das so lange, bis sie ganz schrumpelige Finger bekämen. Dabei schaute sie zu Lídia, die ihr ein dankbares Lächeln schenkte. Und Quims Vater hatte noch hinzugefügt, jetzt, wo er nicht mehr weinen würde, sehe sein Junge doch gleich viel hübscher aus. Dann hörte man, wie Toni den Motor anließ. Quim brach wieder in Tränen aus und streckte ein Ärmchen in Richtung des davonfahrenden Wagens. Marieta rappelte sich langsam hoch, geriet ein wenig ins Wanken, bevor sie richtig auf die Beine kam. Lídia sagte zu dem Kleinen: »Komm mal her zu mir.« Sie setzte ihn sich auf den Schoß und der Junge hörte auf zu schluchzen. Nora bekam mit, wie Senyor Joaquim, so als spräche er zu sich selbst, vor sich hin murmelte:

– Da hat er einfach alles, dieser Mann, und dann macht er sich immer davon …

Das Mädchen verstand nicht, was er damit meinte, aber sie dachte auch nicht weiter darüber nach, denn der Moment, dass sie wieder zum Schwimmen in den See durfte, rückte in greifbare Nähe.

Lídia wäre lieber ganz für sich gewesen, hätte gerne ihre Ruhe gehabt, stattdessen zog Quim mit einer Hand an ihren Haaren und mit der anderen an einem Träger ihres Badeanzugs, sodass sie Gefahr lief, fuhr es ihr durch den Kopf, im nächsten Augenblick mit entblößten Brüsten dazusitzen. Sie sehnte sich danach, mit der Sicherheit, die ihr die Pappelstämme gaben, wieder schwimmen zu gehen, sich später in die Sonne zu legen und dann, im fast schon trockenen Badeanzug, die Landschaft zu betrachten und dabei einfach ihre Gedanken schweifen zu lassen. Wäre sie allein gewesen, hätte sie all dies machen können, obwohl in einem solch vollkommenen Moment garantiert auch wieder einer dieser Süßholzraspler, wie sie sie für sich nannte, auftauchen würde, um ihr alles zu verderben. Noch besser als allein wäre es allerdings zusammen mit Nora. Das Mädchen leistete ihr Gesellschaft, war gern bei ihr, und sie verstanden sich auch ohne Worte, was weder mit ihrer Mutter noch mit ihrer Schwester der Fall war. Außerdem trauten sich die meisten dieser Schöntuer dann nicht, ihr zu nahe zu kommen, oder machten zumindest schnell wieder einen Rückzieher, weil sie sahen, dass sie jemanden bei sich hatte.

Die Familie von Senyor Joaquim, das waren gute Menschen, und er selbst äußerst zuvorkommend, auch wenn er in der letzten Zeit nicht mehr derselbe zu sein schien. Er war sehr schweigsam geworden, tauchte aber oft bei ihr im Damenschuhladen auf, und mehr als einmal hatte sie ihn dabei ertappt, wie er sie beobachtete, so als würde er sie überwachen. Das Schuhgeschäft bestand je zur Hälfte aus einem Verkaufsraum für Damen- und einem weiteren für Herrenschuhe, die über das dahinter gelegene Lager miteinander verbunden waren, doch es gab kaum einen Grund, sich von einem Laden in den anderen zu begeben. Vor Kurzem erst hatte Toni zu ihr gemeint, der Verkäufer würde vielleicht in die eigene Tasche wirtschaften, denn die Rechnungen im Herrenschuhgeschäft gingen nicht auf. Sie fragte sich, weshalb ihr Mann die Kunden nicht selbst bediente, so wie er es am Anfang getan hatte, dann müsste man auch niemanden einstellen, aber mit Toni darüber zu diskutieren, wie er das Geschäft führte, versetzte sie beide nur in schlechte Laune.

Joaquim hatte angefangen, Nora den Ball zuzuwerfen, sie warf ihn zurück, und sofort wollte der Junge mitspielen und befreite Lídia so von seinem Gewicht.

Das Bad am Nachmittag stand noch aus, danach würden sie sich abtrocknen, alles zusammenpacken und aufbrechen und nachdem sie die Gleise überquert hätten, wieder durch das Bahnhofsportal treten. Jedes Mal, wenn sie auf dem Weg nach Hause durch einen der drei Rundbögen ging, wollte Lídia am liebsten gleich wieder die umgekehrte Richtung einschlagen. Zurück zum See.

VII

Heute staune ich darüber, wie viel von dem, was ich damals nur intuitiv erfasst habe, sich mit der Zeit als zutreffend herausgestellt hat. Genau betrachtet scheint es mir, dass man mit zwölf Jahren durchaus schon zu einer ersten Reife gelangt. Da sind noch die Träume und die Unbedarftheit der Kindertage, aber alle fünf Sinne interessieren sich bereits für die Welt der Erwachsenen. Die Worte, die die Älteren vor den Kleinen fallen lassen, ohne ihren Sinn enthüllen zu wollen, die versteckten Blicke, die sie zuweilen untereinander austauschen, das Lachen. Aber meine Ahnung hat mich das Naheliegendste nicht erkennen lassen, etwas, das wohl kaum einem Erwachsenen entgangen wäre.

Toni trank seinen Kaffee an der Theke des La Francesa, hinter der Brigitte die Gäste bediente. Die junge Frau hatte die Angewohnheit, beim Lachen ihre mandelförmigen grünen Augen weit aufzureißen. Ansonsten nahmen sie eher einen leicht verwunderten Ausdruck an, so als sei Brigitte tatsächlich Französin und noch ganz fremd in dem kleinen Ort. In Wirklichkeit aber war sie nach ihrer Mutter auf den Namen Rosa getauft worden und stammte aus einem winzigen Dorf in den Bergen.

La Francesa war eins jener Cafés, die man schon fast als Kaschemme bezeichnen könnte. Es war recht klein und düster, dabei aber mitten im Ortskern gelegen, neben den alteingesessenen Geschäften, nur ein paar Schritte von der Kirche und vom Rathaus entfernt, vom Tabakladen und einer guten Bäckerei. Einmal abgesehen von Liebhabern einer ungewöhnlichen Namensgebung zog das Café vor allem alleinstehende Männer an. Man konnte zwar auch auf Laufkundschaft treffen, auf diejenigen, die sich, bevor sie ihren Weg fortsetzten, nur mal eben einen Kaffee oder ein Bier genehmigen wollten, die eigentliche Klientel aber bestand zumeist aus eher unglückseligen Zeitgenossen, die es an diesen Ort verschlug, weil sie sich etwas mehr als nur einen hochprozentigen Seelentröster erhofften, doch wenn sie dieses »etwas mehr« einmal wirklich angeboten bekämen, sich schnell aus dem Staub machen würden. Nur am wöchentlichen Markttag wurde das Café auch von Paaren aufgesucht, vielleicht angelockt von der augenscheinlichen Anspruchslosigkeit, die einen günstigen Preis für den Milchkaffee oder das Bier in Aussicht stellte.

Toni war ein häufiger Gast. Es war das Café, das am nächsten zu seinem Schuhladen lag, und ein guter Ort, um schnell mal ein Geschäft mitzunehmen. Schon beim Betreten des Lokals musterte er aufmerksam die anderen Gäste, schob dann seine sorgenvollen Gedanken beiseite und überhaupt alles, was ihn daran hindern könnte, einen Handel einzufädeln. Der einstudierten Sinnlichkeit, mit der die Kellnerin den Kaffee vor ihn hinstellte, schenkte er ebenso wenig Beachtung wie dem aufreizenden Lächeln, mit dem sie ihn fragte, ob er nicht vielleicht noch etwas Zucker wolle. Seine Frau wusste nicht einmal, wo er morgens seinen Kaffee trank, auch nicht am Sonntag. Aber am Sonntag hatte Lídia sowieso nur den See im Sinn.

An diesem Morgen war Toni mit einem Landwirt namens Quico verabredet, dem er dreißig Paar *espardenyes* für Herren in Aussicht gestellt hatte. Die traditionellen Leinenschuhe mit Hanfsohle hatten sich im Geschäft als ziemlicher Ladenhüter erwiesen, und er war gewillt, sie gegen vier junge Ziegen einzutauschen. Die wiederum wollte er seiner Schwester zum Geschenk machen, vielleicht würde Solita ja dann in Sachen Erbschaft einlenken. Vor ein paar Tagen erst hatten sie sich wieder gestritten, und er brauchte etwas, um sich bei ihr einzuschmeicheln und um endlich zu klären, was seit dem Tod des Vaters zwischen ihnen stand. Vor nicht allzu langer Zeit war die Mutter zu seiner Schwester gezogen, und weil die Frau schon recht hinfällig war, befürchtete er, Solita könne sie ganz für sich einnehmen. Keiner von ihnen hatte gedacht, dass der Vater so bald sterben würde.

Brigitte sah, wie Toni mit einem Mann das Café verließ, nachdem er ihr den Betrag für die beiden Kaffees und ein Trinkgeld hingelegt hatte. Toni war jung, hatte blondes, leicht gewelltes Haar und kleine durchdringende Augen. Er verfügte über Geld und ein sicheres Auftreten, man sah ihm an, dass er es im Leben zu etwas bringen wollte. Genau das, was sie brauchte, aber er war verheiratet, noch dazu mit einer nicht nur schönen, sondern auch sympathischen Frau. Einmal war sie als Rosa, förmlich und gesittet, in den Laden der beiden gegangen, um ein paar Schuhe anzuprobieren. Diese Frau hatte einfach alles, sie dagegen nichts als ihre Stelle als Kellnerin, was bedeutete, tagein, tagaus die sabbernden Geiferer, die ihr ständig in den Ausschnitt starrten, ertragen zu müssen, obendrein für einen miesen Lohn. Aber es hätte ja auch noch schlimmer kommen können. Mit einem Ruck drehte sie sich von der Theke weg, die lauernden Blicke der

Männer im Rücken, und stellte die Gläser, die sie gerade abgetrocknet hatte, mit ziemlich viel Getöse ins Regal. Bis um zwei war es noch ewig hin, und zu allem Überfluss war heute Sonntag. Sie hatte die Nase gestrichen voll.

Genau genommen fehlte Tonis Frau aber doch eine Kleinigkeit. Rosa hatte einmal beobachtet, wie Toni vor dem Café den kleinen Jungen eines Bekannten hochhob und in seine Arme nahm, und diese Geste hatte ihr verraten, wie sehr es ihm gefallen würde, Vater zu sein. Diese Lídia hatte keine Kinder, sie dagegen wusste leider nur allzu gut, dass sie welche bekommen konnte.

Die Kellnerin schaute wieder zu Toni, der sich draußen auf dem Gehsteig mit dem Bauern unterhielt und dabei sein wunderbar strahlendes Lächeln zeigte, und überwältigt, wie sie davon war, gab sie nicht acht und stach sich an einem Messer. Im nächsten Moment waren die beiden Männer aus ihrem Blickfeld verschwunden. Sie ließ Wasser über den Finger laufen und saugte einen kleinen Blutstropfen aus der Wunde.

Toni und Quico hatten sich auf den Weg ins Schuhgeschäft gemacht, um sich die *espardenyes* anzuschauen, und danach folgte Toni in seinem roten Seat Quico, der einen Lieferwagen fuhr, in dessen Dorf. Er schaute auf die Uhr. Es reichte, wenn er zum Mittagessen am See war. Er ging nicht gerne baden, konnte gar nicht schwimmen, aber das hatte er Lídia gegenüber nie zugegeben. Vielleicht bliebe auch noch Zeit, bei seiner Schwester vorbeizufahren, wenn der Handel mit Quico erst einmal unter Dach und Fach war. Während er hinter dem Lieferwagen herfuhr, ging ihm durch den Kopf, dass er aus dem Geschäft mit diesem Mann mehr hätte herausholen können. Dreißig Paar *espardenyes*, das war entschieden zu viel für vier Zicklein. Sobald er die Tiere zu Gesicht bekam, würde er dem Bauern klarmachen, dass er unzufrieden mit dem Tausch war, und versuchen, mehr auszuhandeln. Wegen der Sache mit seiner Schwester lagen seine Nerven blank, zu sehr hatte er sich von dem Wunsch leiten lassen, sie gnädig zu stimmen. Sollte Quico sich sträuben, würde der Handel eben platzen. Ihm fiele schon etwas anderes ein, um sich bei Solita lieb Kind zu machen. All diese Gedanken setzten ihm dermaßen zu, dass er keinen Blick für die herrliche Landschaft hatte, die sich ihm zu beiden Seiten der Straße darbot.

Kurze Zeit später parkte Toni hinter Quicos Lieferwagen. Bevor der Mann ihn zum Stall brachte, wollte er ihm noch den Laden zeigen, den er neben der Landwirtschaft betrieb. Kaum mehr als ein Verschlag, in dem es stark roch, der aber ordentlich aufgeräumt und mit völlig unterschiedlichen Waren gut bestückt war. Knoblauchzehen, Dauerwürste, Papier, Briefumschläge, Bleistifte und Kugelschreiber, Chiruca-Wanderschuhe und viele Dinge mehr.

Danach brachte Quico ihn zum Gemüsegarten, prachtvoll, und in das Wohnhaus, riesig, aber ungepflegt. Ohne sie einander vorzustellen, sagte er seiner Frau, die über dem Bauch eine verschlissene Schürze gebunden hatte und Schlappen trug, die vorne schon etwas löchrig waren, sie solle ihnen ein Gläschen von dem Likörwein bringen, bevor er Toni dann zur Scheune und schließlich in den Stall begleitete. Der Anblick des Viehs weckte Tonis Begehrlichkeit nur noch mehr. Eine herrliche Stute, eine Kuh, die genug Milch für eine ganze Familie und die Nachbarn gab, Hühner, Kaninchen, ein Wurf Ferkel und die vier entzückenden Zicklein. So ungeschliffen und grobschlächtig dieser Bauer auch sein mochte, im Vergleich zu ihm war Quico ein reicher Mann. Er hatte alles, was seine Familie brauchte, und noch genug übrig, um es zu verschenken oder zu verkaufen. Plötzlich standen zwei Kinder vor ihnen, die ein wenig verwahrlost aussahen. Ihre Kittel waren voller Flecken, an dem des Mädchens hing eine der Taschen herab, der des Jungen hatte eine halbe Handbreit über dem Saum einen Riss. Das Mädchen, etwa zehn

Jahre alt, war blond, scheu und engelsgleich, und der Junge, draller und dunkelhaariger als seine Schwester, lebhaft und aufgeweckt. Der Vater stellte ihnen Toni als den Besitzer des Schuhgeschäfts der Kreishauptstadt vor, so als handele es sich um eine bedeutende Persönlichkeit. Das Mädchen wurde dadurch nur noch verlegener, was ihren unschuldigen Liebreiz verstärkte, und der Junge zog an einem von Tonis Hosenbeinen, bis dieser ihn hochhob und das Kind ihm die Arme um den Hals legte. Aber mit einem Mal wandte sich das Mädchen an seinen Vater und sagte, er habe doch jedem von ihnen ein Zicklein versprochen und darum dürfe er die Ziegen auf keinen Fall verkaufen. Der Vater fuhr sie an, sie möge still sein und zur Mutter gehen, um ihr zu helfen. Da fing die Kleine an zu schluchzen und so, als ob sie ein Duo wären, tat der Junge es ihr nach. Toni setzte ihn ab, und völlig überstürzt, als hätte man ihn bei etwas Unrechtem ertappt, sagte er zu dem Bauern:

– Hör mal, Quico, weißt du was, wir sprechen morgen noch mal darüber!

Missmutig versuchte der Mann, Toni davon zu überzeugen, nichts auf diese Rotzlöffel zu geben, was wüssten die denn schon! Die Kinder, die noch immer dastanden, schauten mit Tränen in den Augen zu den beiden Männern hoch.

– Los, rein mit euch! Die Frau hätte euch erst gar nicht rauslassen dürfen! Das hat sie bestimmt mit Absicht getan, sie will nicht, dass ich die Ziegen verkaufe, aber du kannst mir glauben, ich werde sie schon zur Vernunft bringen.

Da wiederholte Toni, sie sollten es dabei bewenden lassen, es sei eh kein angemessener Tausch gewesen, sie würden ein andermal darüber reden.

– Nur weiter so, alle gegen mich! Den beiden werde ich gehörig den Marsch blasen! Und ja, wir sehen uns wieder, aber ein Wort ist ein Wort, das muss ich dir ja wohl nicht sagen!

– Abgemacht war aber auch, dass wir erst einmal einen Blick auf die Ware werfen, bevor wir uns handelseinig werden. Und diese Ziegen hier, die scheinen mir doch recht schwach auf der Brust zu sein. Ich habe sie mir größer und kräftiger vorgestellt.

Nach einem wortkargen Gruß gingen sie auseinander. Toni gab beim Anlassen des Seats zu viel Gas und würgte den Motor ab. Er schaute zum Haus, hinauf zum Balkon. Die Gesichter der Kinder lugten durch das Geländer der Brüstung und sie und die kleine, rundliche Frau neben ihnen, ungekämmt und in ihrer schäbigen Schürze, starrten zu ihm hinab.

VIII

Am Anfang himmelte ich Toni an. Mutters Cousin sah so gut aus, er war so nett, immer für eine Überraschung gut, lustig war er und liebevoll. Als kleines Mädchen trug er mich auf dem Arm oder spazierte mit mir huckepack umher und ließ mich die Welt von oben betrachten. Mit großen Augen saß ich dann auf seinen Schultern und strahlte über das ganze Gesicht. Oft brachte er mir auch kleine Geschenke mit. Lídia und Toni hatten damals noch kein Kind, und Mutters Cousin gab mir das Gefühl, ein wenig sein kleines Mädchen zu sein, und ich glaube, er empfand es genauso.

Lídia gefiel das Leben, das sie führten. Im Damenschuhgeschäft stand sie jeden Tag ihren Mann, doch verkörperte sie in vielerlei Hinsicht noch eine traditionelle Frau. Sie war ganz und gar für ihren Ehemann da, so wie meine Mutter für meinen Vater. Kochen, waschen, putzen … Andererseits begeisterte sie sich auch für das Kino und hatte eine Schwäche für die Welt der Schauspieler und

Schauspielerinnen, die ihr wie Wesen von einem anderen Stern erschienen. Vor allem aber liebte sie es, im See zu baden.

Wenn ich mit dem Abstand, den die Zeit mit sich bringt, heute an Toni zurückdenke, dann kommt er mir wie jemand vor, der irgendwie neben sich gestanden hat. Das Schuhgeschäft füllte ihn nicht aus und so versuchte er, sich mit allen möglichen anderen Unternehmungen abzulenken. Und den See, den konnte er nicht ausstehen, das habe ich gleich gemerkt, das war mir schon damals klar.

Schließlich machte Toni sich auf den Rückweg. Er würde auch ohne Ziegen bei seiner Schwester vorbeifahren und mit ihr reden, mal sehen, ob er sie nicht doch noch für sich gewinnen konnte. Während sich seine Gedanken auf der Fahrt in das Dorf des Bauern einzig und allein um den Tauschhandel gedreht hatten, überschüttete er sich jetzt mit einer Flut von Vorwürfen. Er hatte längst erkannt, dass es ein Fehler gewesen war, den Schuhladen aufzumachen. Er war dafür geschaffen, einen großen Hof zu führen, so einen, wie ihn Quico hatte, dagegen sprach nur, dass solche Betriebe allem Anschein nach von ungehobelten Männern bewirtschaftet wurden, Männern, die Baskenmützen und *espardenyes* trugen und meist vor Dreck starrten.

Lídia hätte niemals eingewilligt, inmitten von Kühen, Federvieh und Ackerland zu leben. Und er hätte keine Frau wie die von Quico gewollt. Aber den Kunden Schuhe zu zeigen, das bereitete ihm Unbehagen, und noch unangenehmer war es ihm, ihnen bei der Anprobe behilflich zu sein und dafür so manches Mal vor ihnen auf die Knie gehen zu müssen.

Toni und Lídia hatten sich in Barcelona kennengelernt, als er davon träumte, ein großes Geschäft sein Eigen zu nennen und ansonsten von dem Geld zu leben, das ihm aus dem Erbe des Vaters zustand. Einer sauberen, geregelten Arbeit wollte er nachgehen und ein glückliches Leben führen. Aber letztlich hatte sich dieser Traum als Illusion entpuppt. Nur wie ließe sich das ändern? Mit einem Mal entschloss er sich, den Besuch bei seiner Schwester doch aufzuschieben, er fühlte sich nicht genügend vorbereitet, um sie davon zu überzeugen, ihn einen Teil des Hofes bewirtschaften zu lassen.

Während er zu Hause den Hund holte, überlegte er sich, den Handel mit Quico vielleicht doch noch abzuschließen, aber nur unter der Bedingung, dass ihm der Mann die Ziegen nach Hause brachte, denn um nichts auf der Welt würde er noch einmal mitansehen wollen, wie sich diese zwei kleinen Geschöpfe tränenüberströmt auf den Boden warfen. Wie war es nur möglich, dass solche Eltern solch wunderschöne Kinder hatten?

Nachdem er mit dem Wagen durch einen kurzen Tunnel gefahren war und schließlich in den Weg einbog, der unterhalb des Bahnhofs verlief, war ihm, als müsse sein Kopf gleich platzen. Für die vor noch unreifen Früchten gleichsam strotzenden Brombeersträucher hatte er keinen Blick, die hochgewachsenen Blätter des Schilfrohrs dagegen konnte er nicht übersehen, streiften sie doch bedrohlich die Autoscheiben und brachten den Hund dazu, unaufhörlich zu bellen. Es wäre besser gewesen, den Wagen oben abzustellen und zu Fuß hinunter zum See zu gehen, aber sich mit dem Picknickkorb, den Getränken und dem Klappstuhl zu beladen, auf den Lídia wartete, dazu hatte er keine Lust. Außerdem ging er nicht gerne zu Fuß. Konnte seine Frau sonntags denn nicht einfach ruhig zu Hause bleiben? Darüber und auch über Nachwuchs müssten sie einmal ernsthaft reden, Lídia und er. Dieses ganze Sommerritual ging ihm gehörig gegen den Strich, und das von Mal zu Mal mehr. Aber jeden Sonntag hieß es aufs Neue, wir fahren zum See.

Wie immer wurde er freudig begrüßt. Llamp, der gleich herausspringen und auf Lídia zustürmen wollte, ließ er vorerst im Wagen. Nachdem er Quim dazu aufgefordert hatte, bekam er von dem Jungen einen Kuss und auch von Nora, die ganz schön groß geworden war. Früher war sie nicht von seiner Seite gewichen, aber Toni hatte längst bemerkt, dass sie jetzt lieber mit seiner Frau zusammen war. Marieta und ihre Schwiegermutter begrüßten ihn ebenfalls und schließlich auch Lídia, wie immer eine Augenweide. Dann fingen die drei Frauen gleichzeitig an zu reden. Der Einzige, der eine förmliche Haltung an den Tag legte, war der Verkäufer. Ein knappes Hallo, während er weiter mit einem Zweig im Wasser herumstocherte, so als suche er dort nach Gold. Schon seit geraumer Zeit hatte Toni bemerkt, dass dieser früher doch gescheite und umgängliche Mann, der schlussendlich ja sein Untergebener war, jetzt ständig eine ernste Miene zur Schau trug, ihm aus dem Weg ging oder aber ihn herausfordernd anschaute, so als würde er ihm etwas vorwerfen. Dabei könnte er ihm höchstens vorhalten, dass er ihm seinen letzten Monatslohn noch schuldig war. Toni wusste nicht, was er von alldem halten sollte, hatte aber nicht übel Lust, Joaquim vor die Tür zu setzen, damit er ihm nicht mehr unter die Augen kam.

Alle belagerten Toni und jeder wollte etwas von ihm. Fußball sollte er spielen, sich die Badehose anziehen, etwas zu trinken holen … Mit einem Plastikbecher ging er zum Wasser, wo eine Flasche

Wein zum Abkühlen stand. Das war genau das Richtige, um seine schlechte Laune zu vertreiben, aber jemand hatte die Flasche bereits geöffnet und davon getrunken, das konnte nur Joaquim gewesen sein. Später sollte ihm die Schnittverletzung an Lídias Fuß auffallen, und Toni würde sich aufführen, als wäre sein Lieblingsschmuckstück zu Bruch gegangen. Noch war Zeit, mit seiner Frau, Nora und dem Hund in den Wagen zu steigen und zum Arzt zu fahren. Und dann könnten sie daheim zu Mittag essen. Aber nein. Niemand ging auf seinen Vorschlag ein.

– Dann lasst uns essen!

Und plötzlich schrie Joaquim auf, so als wolle er Einspruch erheben:

– Jetzt hab ich ihn!

Ein Flaschenhals aus dickem, grünem Glas schnellte aus dem Wasser und landete am Ufer. Wie als Zeichen des Sieges war der Verkäufer kurz davor, seine Arme in die Luft zu werfen, doch das Geplapper von Milagros ließ ihn mitten in der Bewegung innehalten. Unterdessen hatte Lídia schon das Tischtuch im Gras ausgebreitet, und Nora half ihr, die Teller und Becher aus Plastik darauf abzustellen. Bei der kleinsten Berührung kippten die Becher allerdings gleich wieder um, was bei seiner Frau für heiteres Gelächter sorgte.

– Bist du sicher, dass du dich vor dem Mittagessen nicht doch noch etwas abkühlen willst?

Toni hatte Quim an die Hand genommen und ging mit ihm zu Llamp, der, das offene Maul voller Sabber, unaufhörlich mit dem Schwanz wedelte und am Winseln war, in der Hoffnung, aus dem Picknickkorb würde etwas für ihn abfallen. Tonis Augen ruhten auf Lídias bronzefarbener Haut, und er fragte sich, weshalb dieses drollige Kind, weshalb Quim nicht sein Sohn war, weshalb diese schlafmützige, dicke junge Frau, die ihn an die Bäuerin, an Quicos Frau, erinnerte, in diesem einen Punkt eine Frau wie die seine in den Schatten stellte. Er nahm den Jungen huckepack und Llamp sprang an ihm hoch und stemmte seine Pfoten gegen Tonis Hüfte. Quim hatte seinen Spaß daran, während Nora sie etwas grimmig beobachtete, sich umdrehte und schwimmen ging. Dies würde kurze Zeit später zu einem kleinen Streit zwischen ihm und seiner Frau führen, denn das Mädchen, die Tochter seiner Cousine, hatte nicht Bescheid gegeben, dass sie noch einmal ins Wasser wollte. Als das Essen auf den Tellern verteilt war und Quim mit Marietas Hilfe von seiner Schulter rutschte, bemerkte Toni den abweisenden Blick, mit dem Joaquim ihn anstarrte.

IX

Ich erinnere mich an Quims Vater als einen hochgewachsenen, dunkelhaarigen und schlanken Mann, der im Geschäft stets Anzug und ein weißes Hemd mit Krawatte trug. Um die dreißig dürfte er damals gewesen sein, eine seriöse Erscheinung. Ich nehme an, er sah nicht schlecht aus, doch er war alles andere als redselig und im Vergleich zu Toni auch nicht gerade sympathisch. Wenn er mich ansprach, wurde ich jedes Mal rot und wusste nicht, wohin ich schauen sollte, aber im nächsten Augenblick beachtete er mich schon gar nicht mehr. Ich habe immer noch, wenn auch ein wenig verschwommen, das Bild der beiden Männer vor Augen, wie sie am Wasser standen und redeten, und während Toni unablässig seinen Fuß kreisen ließ und mit dem Schuh die Erde aufwühlte, stand der Verkäufer regungslos da. Etwas war anders an diesem Nachmittag.

Toni kaute das kalte Fleisch und spülte es mit Wein hinunter, während er doppeldeutige Sprüche klopfte, um die Erwachsenen zum Lachen zu bringen. Im nächsten Augenblick scherzte er mit Nora und Quim und scheuchte Llamp, wenn er zu lästig wurde, ins Wasser. In Wirklichkeit aber kreisten seine Gedanken unablässig um das Thema der *espardenyes* und der Ziegen. Für einen Moment schaute er auf den See hinaus, und der Anblick des Wassers, wie es da so still vor ihm lag, versetzte ihm innerlich einen Schlag. Sein Vater war tot, und er hatte keine Gelegenheit gehabt, über alles in Ruhe mit ihm zu reden, ihm zu sagen, was ihn umtrieb. Wieso vergeudete er hier seine Zeit? Er musste seine Schwester davon überzeugen, dass sie nicht in der Lage war, den Hof allein zu führen. Hätten Lídia und er seiner Mutter einen Enkelsohn oder eine Enkeltochter geschenkt, dann wäre diese glücklich und zufrieden, aber er wusste auch, dass seine Frau, in die fast alle vernarrt waren, bei ihrer Schwiegermutter von Anfang an keinen Stein im Brett gehabt hatte.

Lídia war immer dermaßen elegant, dermaßen fröhlich, und Tonis Mutter, die nur Arbeit und Entsagung kannte, war diese Frau aus Barcelona nicht ganz geheuer. Ohne dass sie es ihm gegenüber jemals ausgesprochen hätte, war er davon überzeugt, dass seine Mutter in Lídia das typische Mädchen aus der Stadt sah, das zur Arbeit nicht taugt, wohl aber dazu, Geld aus dem Fenster zu werfen. Und ein Übriges tat, so wie die Sache mit seiner Schwester nun einmal stand, dass Solita und Lídia kaum Gelegenheit gehabt hatten, sich etwas näher kennenzulernen.

Toni redete und aß, aber in seinem Kopf drehte sich weiter das Gedankenkarussell. Nach der Melone, seinem Lieblingsnachtisch, schlug er Joaquim vor, sich ein wenig die Beine zu vertreten. Er erkundigte sich nach den *espardenyes*. Verkauften sie sich jetzt besser? Sein Angestellter kam ihm abweisend, ja fast hochmütig vor, was ihn irritierte. Sie gingen am Seeufer entlang und Toni hatte dem anderen bislang kaum ein Wort entlocken können. Erneut bekam er nicht übel Lust, ihn zu feuern, doch damit würde er sich selbst einen Bärendienst erweisen. Den ganzen Tag über im Laden eingesperrt zu sein, das war nicht sein Ding. Außerdem schuldete er ihm den letzten Monatslohn, wovon Lídia noch gar nichts wusste, und der Juli war auch schon weit vorgerückt. Er trat gegen einen Stein, und Joaquim, nachdem er ihn hatte wissen lassen, dass kaum *espardenyes* verkauft würden, ließ ihn einfach stehen und ging hinüber zum Baumstamm, zu dem großen, umgestürzten Baumstamm am Wasser, und setzte sich dort hin.

Toni hatte genug vom See. Er versuchte, Lídia dazu zu bewegen, doch am Nachmittag ins Kino zu gehen, aber da war nichts zu machen, sie wollte unbedingt in die Spätvorstellung. Dann hörte er, wie das Mädchen, wie Nora sagte:

– Ein Zirkus ist in der Stadt, sie haben ihn auf dem Marktplatz aufgebaut, direkt vor unserem Haus. Es würde doch viel mehr Spaß machen, einmal in den Zirkus zu gehen.

– Bestimmt nimmt dich deine Mutter dorthin mit.

Toni musste innerlich grinsen, denn Lídia wusste genau, wie sparsam Teresa war, immer darauf bedacht, kein Geld für Vergnügungen auszugeben. Ihm ging durch den Kopf, dass selbst Noras Mutter in den Augen seiner eigenen eine bessere Ehefrau für ihn abgegeben hätte als Lídia. Möglich wäre eine solche Heirat ja gewesen, denn schließlich waren sie nur Cousin und Cousine zweiten Grades. Doch Teresa hatte schon sehr jung einen hart arbeitenden und äußerst belesenen Mann geheiratet, und er selbst hatte sich hoffnungslos in Lídia verliebt, in eine Frau aus Barcelona.

Fast hätte er Llamp bei ihnen gelassen, nahm ihn aber schließlich doch mit. Während er den Wagen anließ, musste er daran denken, dass als Kind niemand mit ihm in den Zirkus gegangen war. Wie denn auch, dafür hätte man in einer ganz gewöhnlichen Bauernfamilie wie der seinen niemals Geld ausgegeben, und außerdem genossen Zirkusleute nicht gerade den besten Ruf. Einmal hatte ein Zirkus im Dorf sein Glück versuchen wollen. Mit drei Wagen war er unterwegs gewesen, kaum mehr als eine Handvoll Menschen. Bis an sein Lebensende würde er sich daran erinnern. Da war ein Mädchen gewesen, etwas älter als er, blass und dünn, und ihr glattes blondes Haar reichte ihr bis zur Taille. Mit einem zerbeulten Eimer in der Hand kam sie gerade vom Brunnen, wo sie Wasser geholt hatte. Sie trug ein armseliges, weites weißes Hemdchen, das dem Jungen, der er damals war, wie das Kleid einer Prinzessin oder Fee erschien. Er hatte sich zum ersten Mal verliebt. Den ganzen Tag über spionierte er den Leuten vom Zirkus hinterher. Er bat seine Eltern, in eine der Vorstellungen gehen zu dürfen. Wie ein verletzter Esel hatte er gebrüllt, mit den Füßen gestampft und sie auf Knien angefleht, aber die Antwort war Nein und nochmals Nein gewesen. Für seinen Vater waren die Zirkusleute ein Haufen Tagediebe, ein heimat- und gottloses Gesindel, wahrlich kein Vorbild für den Sohn. Fahrendes Volk.

– Gaukler!

Ein Wort, das noch immer alles in Toni aufwühlte.

Einmal war er mit Lídia in den Zirkus gegangen, in Barcelona, und er hatte gesehen, wie sehr sie die

Vorstellung genoss. Die Darbietungen der Künstler und Akrobaten waren farbenfroh, geistreich und witzig, aber das gleißende Scheinwerferlicht, die grellbunten Kostüme, die Trapeze, all dies war nichts für ihn …

Ganz plötzlich entschloss er sich, doch bei seiner Schwester vorbeizufahren, auch wenn dies ein gewisses Risiko barg: Sie könnten wieder in Streit geraten und dann stünde es zwischen Solita und ihm noch schlechter als zuvor. Tonis Unruhe aber war verflogen. Mit Llamp auf dem Rücksitz, auf dem Bettlaken voller Hundehaare, hatte er nun Augen für das Stück Weg, das parallel zum Wasser verlief. Sein Blick streifte das weiß gestrichene Bahnhofsgebäude mit den drei schlanken Bögen, die die Vorhalle zum Bahnsteig bildeten, er sah die Fensterfassungen aus Stein und die im Sonnenlicht rötlich schimmernden Dachziegel. Doch all dies hinterließ nur einen recht flüchtigen Eindruck bei ihm. Gleich ins Auge sprang ihm hingegen, dass das Weizenfeld neben der Straße bereits abgeerntet war, die zurückgebliebenen Stoppel zeugten davon. Eine prächtige Ernte musste das gewesen sein. Und mit wehmütigem Bedauern kehrten seine Gedanken dann noch einmal zum Zirkus zurück. Er hätte Nora, ja sogar Quim, alle beide hätte er dorthin mitnehmen können, aber er hatte es schon damals in Barcelona nicht vermocht, in jene Manege voller Licht einzutauchen. Und ebenso wenig hatte er sich mit dem See anfreunden können und Gefallen am Wasser gefunden.

Er war so sehr in seine Gedanken vertieft, dass er den Motor abwürgte. Und mit einem Mal stürzte das Zirpen der Zikaden auf ihn ein, fiel die Hitze über ihn her, das Hecheln des Hundes. Die tiefe Ruhe des Sommernachmittags.

X

Wenn man auf sie einging, blühte Milagros regelrecht auf, dann redete sie viel und gern. Sie wusste vor allem von Geistererscheinungen zu berichten, vorausgesetzt, ihr Sohn war nicht in der Nähe, oder von Vorahnungen, die sich, wie durch Zauberei, erfüllt hätten. Mich faszinierten diese Geschichten, aber ich hütete mich, meiner Mutter davon zu erzählen, vielleicht hätte ich dann nicht mehr an den See gedurft. Milagros war so anders als meine Großeltern, dass ich sie schon allein deshalb interessant fand. Ich denke, sie war eine kluge und im Grunde auch vitale Frau, aber Schwarz stand ihr nicht. Lídia ließ sie erzählen, ohne sie zu unterbrechen, und Marieta versicherte lebhaft, es sei wahr, ihre Schwiegermutter habe so etwas wie den sechsten Sinn. Gleich bei ihrer ersten Begegnung habe Milagros erkannt, dass sie in anderen Umständen war, also, dass sie ein Kind erwartete, und dabei hatte sie selbst noch gar nichts von ihrer Schwangerschaft gewusst. Und dann wurde Quim geboren, ein Junge, so wie Milagros es vorhergesagt hatte. Immer wenn Marieta voller Zärtlichkeit von ihrem Kind sprach, entlockte sie Lídia ein nachsichtiges Lächeln, denn es war offensichtlich, dass sich der Junge seiner Mutter gegenüber alles andere als liebevoll verhielt. Milagros nutzte dann die Gelegenheit, um ihrer Schwiegertochter all das zu wiederholen, womit sie ihr eh schon tagein, tagaus in den Ohren lag. Sie müsse dem Jungen Grenzen aufzeigen und ihm nicht alles durchgehen lassen. Dann herrschte Schweigen, und mir fiel wieder auf, dass Lídia nach solchen Frauengesprächen immer ein wenig nachdenklich wirkte.

Wer ist diese in trauerndes Schwarz gekleidete Frau? Milagros schweigt, wenn auch schweren Herzens. Die meiste Zeit über würde sie gerne von sich erzählen, von früher; sie wäre in der Lage, Dinge vorherzusagen, Ratschläge zu geben. Sie ist eine alte Frau und ihre Lebenserfahrung könnte den anderen doch von Nutzen sein. Aber sie ist gewarnt. Schweigend folgt sie im Zug, auf dem Weg zum See, dem Gespräch der anderen oder nimmt einfach nur deren Stimmen wahr, so als wären sie ein flauschiges Kissen, an das sie ihren Kopf lehnen könnte. Manchmal träumt sie mit offenen Augen, und fast immer ist ein solcher Tagtraum schöner, als es ihre Träume in der Nacht sind, die wieder die dunklen Stunden von früher in ihr heraufbeschwören oder sie in die Tiefen einer ihr bis dahin unbekannten Finsternis blicken lassen. Und dann ist da noch der Moment des Aufwachens, in dem ihr, auch wenn sie gerade noch von sich als Kind oder junges Mädchen geträumt hat, nur allzu bald bewusst wird, dass sie in der Gegenwart bloß eine alte Frau ist, und diese so natürliche Gegebenheit grenzt sie aus. Neben ihrem Bett befindet sich eine weiße Wand, die ihr beim Aufstehen Halt gibt, und wenn sie es dann endlich geschafft hat, auf die Beine zu kommen, denkt sie »wieder ein Tag« und vermisst die weiten, lichtdurchfluteten Felder ihrer aragonesischen Heimat.

Sie fährt nicht gerne an den See, aber ihr Sohn will nicht, dass sie am Sonntag allein zu Hause bleibt.

– Daheim Trübsal blasen, das kommt überhaupt nicht infrage –, sagt er wie immer auf Spanisch zu ihr.

Also folgt sie den anderen an sonnigen Sommersonntagen zum Zug, geht mit ihnen den Weg entlang zum See, sitzt mit ihnen am Wasser, isst mit ihnen zu Mittag, bis sie sich am Abend wieder in ihren Bau verkriechen kann. Sie findet, ihr Enkel, Quim, sei noch viel zu klein für so viel Wasser, und

Marieta setzt eh keinen Fuß in den See. Ihr Joaquim kann schwimmen. Ihr Sohn hat all das gelernt, was ihr seliger Mann und sie nicht hatten lernen können. Joaquim ist ein gebildeter Mensch und sein Geld verdient er mit einem sauberen Beruf. Sie ist stolz auf ihn, aber ...

– Und dass du dich nicht in die Gespräche einmischst, Mutter. Besser, du bist still, rührst dich nicht von deinem Platz. Und dass du mir dem Jungen nicht andauernd sagst, was er zu tun und zu lassen hat, um ihn brauchst du dich nicht zu kümmern. Dafür sind wir da, ich und Marieta. Ob einem das gefällt oder nicht, sie ist nun einmal seine Mutter.

Ihr Sohn versetzt sie oft in Erstaunen. »Ob einem das gefällt oder nicht«, was soll das denn heißen? Außerdem, so ein wohlerzogener Mann wie ihr Joaquim, der müsste doch eigentlich »Marieta und ich« sagen, oder etwa nicht? Und warum verbietet er ihr so grob den Mund?

Aber sie kann sich ja schon denken, warum. Der Junge erträgt ihre Vorahnungen nicht, all das, was irgendwo in ihrem Inneren entsteht, so als würde sich ein Halm in die Höhe strecken oder aber eine Blume sich zaghaft öffnen und nichts könnte das Entfalten ihrer Blütenblätter aufhalten. Und keimt sie erst einmal und wächst, dann sprießt die Pflanze mit einem Mal aus ihrem Mund. Joaquim bezeichnet ihre Vorahnungen als Farce, und bestimmt ist es ihm sehr peinlich, dass Milagros vor anderen über diese Dinge spricht, besonders, wenn sich, kaum dass sie ausgeredet hat, Schweigen in der Gruppe ausbreitet. Es wird wohl daran liegen, dass sie ihm schon so manches Mal die Zukunft vorhergesagt hat und er, er hat bereits als kleiner Junge solche Prophezeiungen nicht ertragen. Er prallt lieber gegen eine Wand, anstatt die Warnung zu beherzigen, genau dies könne passieren.

Weil sie ziemlich taub ist, hört sie dort im Freien und inmitten des Chors der Zikaden nicht, was die anderen sagen, oder es gelangen nur Wortfetzen zu ihr, deren Sinn sich ihr letztlich entzieht. Weil sie ja schweigen muss und sich auch nicht um das Kind kümmern darf, schließt sie die Augen, damit sie die anderen nicht sehen muss und ihr Kopf zur Ruhe kommen kann. Aber so gut wie nie gelingt es ihr, ihre Gedanken im Zaum zu halten, es ist ein Ding der Unmöglichkeit, dass es still wird in ihrem Inneren.

Während des Mittagessens fällt ihr auf, dass Senyor Toni immer große Reden schwingen muss. Als sie ihn kennenlernte, fand sie, er sei ein feiner Mensch, angenehm im Umgang, aber seitdem sie ihn sonntags am See erlebt, ist er ihr ein Rätsel. Keine zehn Minuten hält er es an einem Ort aus, er kann nicht ruhig sitzen bleiben, ständig läuft er hin und her, und wenn er redet, tut er nichts anderes, als pausenlos irgendwelche Geschichten zu erzählen, um die anderen in Erstaunen zu versetzen oder sie zum Lachen zu bringen. Sie hat mitbekommen, wie ihr Joaquim auf eine Frage von Senyor Toni keine Antwort gegeben hat. Geradezu ungehörig hat sich ihr Sohn benommen und sie ist regelrecht erschrocken. Ein solches Verhalten erinnert sie an seine Reaktion als kleiner Junge, wenn sein Vater, ihr Mann, ihn grundlos bestrafte und Joaquims Art, sich zu wehren, darin bestand, ihn wie Luft zu behandeln. Zum Glück bricht Senyor Toni für gewöhnlich vor allen anderen auf, doch an diesem Sonntag hat er eine Panne mit dem Auto gehabt, auf halbem Weg hat es seinen Geist aufgegeben. Wutschnaubend ist er zurückgekehrt, den Hund im Schlepptau.

Sie beobachtet, wie ihre Schwiegertochter unentwegt isst und trinkt, im Gegensatz zu ihrem Enkel, der kaum einen Happen zu sich nimmt, es sei denn, Senyora Lídia ist diejenige, die ihm etwas gibt. Sie findet, die Einzigen, die sich heute so verhalten wie immer, sind die Frau von Senyor Toni und das Mädchen mit diesem seltsamen Namen. Auf Katalanisch bedeutet »nora« doch »Schwiegertochter«, oder nicht? Tatsache ist, dass Lídia und Nora sich um die anderen kümmern. Die beiden essen recht wenig, essen langsam und bedächtig, und sie trinken keinen Wein. Wenn es nach ihr ginge, würde sie Quim zwingen, sich an die Essenszeiten zu halten. Aber seine Eltern lassen ihm ja alles durchgehen, erfüllen ihm jeden Wunsch. Und er tanzt ihnen auf der Nase herum.

Wenn sie daran denkt, wie wenig sie hatten, als Joaquim klein war, kann sie es gar nicht fassen, dass aus ihrem Jungen ein so großer und starker Mann geworden ist. Manchmal gehen ihre Gedanken noch weiter zurück, und dann erinnert sie sich an die Zeit, als sie selbst so alt war wie ihr Enkelsohn jetzt. Die mittlere von fünf Geschwistern ist sie gewesen, kaum mehr als ein Jahr waren sie alle auseinander. Gerade mal über die Runden sind sie gekommen, aber Hunger haben sie nicht leiden müssen. Und die ältere Schwester hat sie alle großgezogen, mit ihnen gespielt hat sie, ihnen aber auch die Leviten gelesen, denn schließlich musste die Mutter von früh bis spät arbeiten. Und jetzt schmeckt diesem Dreikäsehoch weder die Suppe noch das Fleisch, und auch Brot mag er nicht essen. Die Eltern lassen ihm seinen Willen, sie scheinen sich kaum darüber zu wundern und es auch nicht weiter wichtig zu nehmen. Sie meckern nur rum. Marieta läuft ihm mit einer vollen Gabel oder einem vollen Löffel hinterher, bis das Essen auf dem Boden landet. Quim nimmt niemanden ernst, und seine Mutter schon gar nicht, und das findet Milagros einfach nicht in Ordnung. Ihre Schwiegertochter ist ein guter Mensch. Vom ersten Tag an hat sie Marieta gemocht, hübsch ist sie gewesen und hat so gerne geplaudert. Ein so liebes Mädchen. Sie hat damals gleich bemerkt, dass sie schwanger war. Jetzt kommt kaum noch ein Wort über Marietas Lippen, man könnte meinen, sie sei gar nicht vorhanden, und dabei ist sie doch auseinandergegangen wie Hefeteig.

Unwillkürlich fragt sich Milagros, warum ihr Sohn und die Schwiegertochter eigentlich mit den Besitzern des Schuhgeschäfts an den See fahren, so als wären sie Freunde. Diese Frage geht ihr nicht mehr aus dem Kopf, sie wälzt sie hin und her und findet doch keine Antwort darauf. Neben Lídia ist die Frau ihres Sohnes unscheinbar und unbedeutend, der Junge noch viel zu klein, um im See zu baden, und Toni und Joaquim, wenn sie nicht gerade den Eindruck erwecken, einander spinnefeind zu sein, haben sich im Grunde doch gar nichts zu sagen. Und sie selbst ist weiter nichts als ein Komparse in diesem ganzen Szenarium, eine dunkel gekleidete Gestalt. Was haben sie hier eigentlich verloren?

Ist Milagros aber erst einmal am See, dann lenkt die flatternde Pracht der Blätter, die durch schlanke, kräftige Stängel mit den Ästen verbunden sind, ihren Blick nach innen, in eine weit zurückliegende Zeit, in der ganz andere Bäume, ein anderer Wind, andere Äcker und Felder sie umgaben, als sie ein verliebtes junges Mädchen war, erfüllt vom unbekümmerten Drang der Jugend, für ein besseres Leben alles aufs Spiel zu setzen. Am See überkommen Milagros jedes Mal die Erinnerungen. Eine Wolke, erst ist sie weiß und federleicht, dann bauscht sie sich auf, wird füllig und prall, um sie schließlich sanft zu umhüllen. Für gewöhnlich schläft sie dann ein und die Gegenwart löst sich in Nichts auf.

An diesem Sonntag aber sieht sie im Traum einen Blätterregen hinabfallen, eine Art Laken, graugrün, in der Farbe des Wassers. Für einen Augenblick bedeckt es ihren Enkel von Kopf bis Fuß und lässt ihn im Schlamm versinken, als wäre er ein vom Stamm des Lebens abgetrennter Ast. Und dann erschrickt sie über die Wucht ihres Schreis.

XI

Wenn mir jemand in der Gruppe seltsam vorkam, dann war es Senyor Joaquim, wie Lídia den Verkäufer immer nannte. Die Freundlichkeit, die er an den Tag legte, kam mir berechnend vor, distanziert, und diese Reserviertheit machte es mir schwer, ihn zu durchschauen. Nichts schien ihm zu entgehen. Jeden Einzelnen der Gruppe behielt er aufmerksam im Blick, wohl um sicherzugehen, dass keiner von uns aus der Rolle fiel. Aber gab es denn ein Drehbuch? Vielleicht lag ja in dieser Art, sich zu verhalten, der Grund dafür, dass Marietas Unwohlsein und Quims Ungehorsam ihn aus dem Gleichgewicht brachten. Erst jetzt wird mir bewusst, dass ich ihn eigentlich nicht mochte, obwohl er auch mir gegenüber immer sehr freundlich war, aber ich schien zu spüren, dass er versuchte, die Gruppe zu kontrollieren, ohne dass ich verstanden hätte, weshalb. Mir fiel auf, dass er zu Marieta alles andere als liebevoll war und seine Mutter auf eine unangemessene Weise herumkommandierte. Vor allem aber spürte ich, dass er um Lídias Aufmerksamkeit buhlte, unentbehrlich wollte er für sie sein, er ganz allein.

Joaquim Solar ist gebürtiger Katalane. Seine Eltern, spanischsprachige Aragonesen, stammten beide aus bescheidenen Verhältnissen. Blutjung hatten sie sich ineinander verliebt und waren gemeinsam durchgebrannt. Nach etlichen Auseinandersetzungen mit beiden Elternpaaren, die wütend auf die jungen Leute und aufeinander waren, heirateten die zwei in Lleida, in der katalanischen Provinzhauptstadt am Fluss Segre, unter dem missbilligenden Blick des Priesters, der die Trauzeremonie vornahm. Im Laufe der Jahre ließ sich das Paar dann in einem kleinen Dorf im Pallars nieder, in Cellers, wo der junge Mann Arbeit als Weichenwärter gefunden hatte.

Der Sohn von Joaquim und Milagros, der wie sein Vater hieß, sprach zu Hause Spanisch und ansonsten Katalanisch, so wie alle anderen um ihn herum. Er wusste durch sein Selbstbewusstsein und seine natürliche Eleganz zu beeindrucken. Zudem hatte er eine Begabung für Sprachen. Außer Französisch, das damals in der Schule als Pflichtfach unterrichtet wurde, lernte er später, an einer kleinen Sprachschule in Tremp, Englisch bei einer

Lehrerin aus Chelsea, die den Ort auf einer Urlaubsreise kennengelernt und sich dort niedergelassen hatte. Joaquim bereitete es Freude, wenn er die Sprachen, die er sich angeeignet hatte, auch anwenden konnte. Er war ein guter Schüler, und weil er nicht wie seine Eltern bei der Bahn anfangen wollte, entschloss er sich, Buchhaltung zu studieren. Schließlich fand er eine Stelle als Notariatsangestellter, doch die Arbeit in der Kanzlei empfand er als äußerst langweilig.

Wie seine Eltern hatte sich auch Joaquim bereits in jungen Jahren verliebt, und zwar in eine Mitschülerin namens Marieta, ebenso wie er ein Einzelkind. Sie war anmutig, fröhlich und aufgeschlossen und vom ersten Augenblick an hatte sie seine Gefühle erwidert. Sie wurde schwanger und bald schon heirateten die beiden.

Jeden Tag nahm Joaquim in Cellers den Zug, um nach Tremp zur Arbeit zu fahren und abends wieder zurück nach Hause, wobei er die kurze Strecke nutzte, um Französisch zu lesen. Es waren Momente voller Licht, in denen ihn jedes Mal, wenn er von seinem Buch aufschaute, die Landschaft aus Wasser und Grün, aus sanften Hügeln, mit einem Gefühl vollkommener Schönheit erfüllte. Doch schon früh begann das Kind, das sie liebevoll Quim nannten, mit nicht enden wollenden nächtlichen Weinattacken seine Eltern auf die Probe zu stellen. Eine Zeit lang versuchten sie, irgendwie mit der Situation zurechtzukommen, was sich aber mehr und mehr als unmöglich erwies, und schließlich fing der Ehemann an, der jungen Mutter Vorhaltungen zu machen. Joaquim ließ keinen Zweifel daran, dass eine Frau in der Lage sein musste, ihr weinendes Kind zu beruhigen, so wie man selbstredend davon ausgehen konnte, dass sie es zu ernähren verstand. Schließlich hatte Milagros es auch geschafft, ihn großzuziehen, und sie war ebenfalls eine junge Mutter gewesen, die sich zudem mit dem Putzen auf Bahnhöfen etwas dazuverdient hatte. Aber der Junge tanzte Marieta auf dem Kopf herum, und auch ihm selbst fiel es von Mal zu Mal schwerer, Quim in den Griff zu bekommen. Dieser ernsthafte, ironische junge Notariatsangestellte, der so gewandt im Umgang mit den Klienten der Kanzlei war, zeigte sich seiner Frau gegenüber immer abweisender und hörte nicht auf, sie ständig zu kritisieren. Sie dagegen wartete den ganzen Tag über sehnsüchtig auf seine Rückkehr und brannte darauf, ihm in aller Ausführlichkeit zu berichten, was der Junge wieder angestellt hatte, diese Frucht eines vollkommenen Moments, in dem sie beide vom Glück gekostet hatten.

Quim war ein unruhiges Kind und sicherlich ein schlechter Esser, und das junge Paar hatte so gar keine Ahnung, wie sie mit ihrem Sohn umgehen sollten. Zudem schämten sie sich zuzugeben, dass sie keine Nacht mehr durchschliefen, noch weniger aber trauten sie sich, jemand anderen um Rat zu bitten, wie sie es besser machen könnten. Joaquim hatte niemals zuvor auch nur einen Gedanken daran verschwendet, ein Kind in die Welt zu setzen, und Marieta war gerade einmal achtzehn Jahre alt, als Quim geboren wurde. Vor ihrer Ehe wäre sie gerne Sportlehrerin geworden, und im Grunde hielt sie an diesem Berufswunsch fest, bis Quim drei Jahre alt war und sie bereits neunzig Kilo wog.

Joaquim und Toni waren Anhänger ein und desselben Fußballvereins, sie hatten sich in einem Fanclub kennengelernt und waren sich auf Anhieb sympathisch gewesen. Toni hatte es verstanden, Joaquim für seine Geschäftsidee zu begeistern, einen modernen Schuhladen für Damen und Herren aufzumachen. Er hatte ihm auch seine Frau vorgestellt, Lídia, und Joaquim war von ihrer Schönheit zutiefst beeindruckt gewesen. Vor allem aber hatte er in ihr all die Vorzüge zu erahnen gemeint, mit denen Marieta nicht aufwarten konnte. Gelassenheit, gute Laune, Optimismus. In den Monaten, fast ein Jahr, die zwischen ihrer ersten Begegnung im Vereinshaus der örtlichen Fußballmannschaft und der Besiegelung ihrer geschäftlichen Vereinbarung lagen, schwand allmählich Joaquims Sympathie für Toni, und ihr anfänglich so gutes Verhältnis begann, ihn mit einem Gefühl des Unbehagens zu erfüllen, das sich Monat für Monat, Sommer für Sommer steigern sollte. Allerdings gab es da einen Umstand, der ihn daran hinderte, die mit Toni getroffene Abmachung aufzukündigen, stellte sich doch die Freude, die er in der ersten Zeit empfunden hatte, wenn er abends von der Arbeit kam und vom Bahnhof aus nach Hause eilte, nunmehr in entgegengesetzter Richtung ein. Jetzt war die Fahrt zur Arbeit der schönste Moment. Er musste nicht länger das Gegreine von Quim ertragen, der mal wieder fast die ganze Nacht über geplärrt hatte. Entweder er war endlich eingeschlafen oder aber der Rotzlöffel lieferte sich bereits den ersten Machtkampf des Tages mit seiner Mutter, nachdem ihm sein Vater zum Abschied schnell einen Kuss gegeben hatte. Joaquim, braungebrannt, hochgewachsen und selbstbewusst, zog es allemal vor, sich vor einen kaufwilligen, wenngleich, was die Eignung des Produkts anbelangte, oftmals unschlüssigen Kunden hinzuknien, um diesem bei der Schuhanprobe behilflich zu sein, als noch länger das Geflenne seines Sohns über sich ergehen zu lassen. Für gewöhnlich musste er in Gegenwart der ewig Unentschlossenen, die sich stets vergewissern wollten, dass das neue Schuhwerk auch viele Jahre lang halten würde und es ganz sicher kein gleichwertiges Modell zu einem günstigeren Preis gebe, seinen Drang zügeln, sie zum Teufel zu jagen. Und noch mehr galt es, sich vor denjenigen Kunden am Riemen zu reißen, die vor Urzeiten ein paar elegante Schuhe für den Tag ihrer Hochzeit erstanden hatten und sich nun darüber beklagten, dass sie diese nicht auch bei der Kommunion ihrer Kinder tragen konnten, wo sie doch noch wie neu aussahen. Und ebenso beherrschen musste er sich bei denjenigen, die nach Schuhen verlangten, die sie zu allen festlichen Anlässen ihres Lebens tragen konnten, und die mit den Augen rollten, wenn er ihnen den Preis eines Paars nannte, das der neuesten Mode entsprach.

Aber jedes Anzeichen schlechter Laune verschwand recht bald wieder von Joaquims hochmütiger Stirn, richtete er doch seine ganze Aufmerksamkeit auf eine ganz bestimmte Stimme. Die beiden Läden, der mit Damen- und der mit Herrenschuhen, teilten sich die Geschäftsräume und waren durch ein sich an der Rückseite befindliches Lager miteinander verbunden. Joaquim fand immer einen Vorwand, um nach nebenan in das Damenschuhgeschäft zu gehen, fragte nach Wechselgeld oder bot Lídia ein Anisbonbon an, wenn es im Laden gerade ruhig zuging. Und im Sommer fuhren sie jeden Sonntag gemeinsam zum See.

Nachdem jemand einmal in seinem Beisein Tonis eheliche Treue angezweifelt hatte, war er einige Male selbst in das Café La Francesa gegangen und hatte dort Brigitte gesehen, sie aufmerksam beobachtet. Wie sie den Kaffee servierte, nicht selten mit Schuss, wie herablassend sie die älteren Gäste ansah, dem Äußeren nach zu urteilen allesamt Bauern, und wie sie mit den jungen Männern umging oder denjenigen, die wie er gut gekleidet waren. Für ihn stand fest, bei der Kellnerin handelte es sich um ein Flittchen auf Männerfang, und natürlich konnte sie Tonis Frau nicht im Mindesten das Wasser reichen.

Im Grunde glaubte Joaquim nicht, dass Toni eine Affäre mit dieser Brigitte hatte, aber schon allein die Tatsache, dass jemand einen solchen Verdacht hegte, brachte sein Blut in Wallung. Er fand, dass Toni, obwohl er doch alles hatte, was er selbst für sich ersehnte, keinesfalls glücklich wirkte. Oft kam er ihm niedergeschlagen vor oder so, als sei ihm alles einerlei, obwohl sich Joaquim sicher war, dass er liebend gern einen Jungen wie seinen Quim gehabt hätte. Nach dem, was am See geschehen war, würde er Toni niemals mehr verzeihen können. Er hatte erleichtert aufgeatmet, als er ihn wegfahren sah, doch dann hatte der rote Seat eine Panne gehabt und Toni war wutentbrannt zurückgekommen. Anschließend waren sie in Streit geraten und er hatte darüber völlig seinen Sohn vergessen. Doch noch viel weniger würde er Marieta jemals verzeihen können. Genau genommen war sie an allem schuld. Hätte sie sich nicht übergeben, hätte Lídia sie nicht auf die Bahnhofstoilette begleiten müssen und der Junge wäre die ganze Zeit unter Aufsicht gewesen. Die Kette der Ereignisse hatte Joaquims Selbstwertgefühl bis ins Mark getroffen. Es war undenkbar, auch nur für einen einzigen Sonntag an den See zurückzukehren. Ein Fenster hatte sich ihm verschlossen.

XII

Ich sehe es noch vor mir. Llamp folgt Toni und Lídia dicht auf den Fersen, Quim läuft dem Hund hinterher, aber sein Vater fängt ihn ab. Er hebt ihn hoch und setzt ihn sich auf die Schultern, doch der Junge tritt ihn mit den Füßen, so fest er kann. Milagros sagt etwas. Senyor Joaquim hat Mühe, das Kind abzusetzen, und gibt ihm dann ein paar feste Klapse auf den Po. Der Kleine fängt wieder an zu weinen, er ist puterrot und der Rotz läuft ihm aus der Nase. Marieta drückt ihn fest an sich. Milagros dagegen gibt mit ein paar Worten zu verstehen, dass sie das Verhalten ihres Sohnes gutheißt: »Das war aber auch Zeit!« Der hat bereits auf dem Absatz kehrtgemacht und befindet sich auf dem Weg nach oben, hoch zur Straße, um zu sehen, ob er Tonis Auto reparieren kann, damit er ihn sich endlich vom Hals schafft. Quim weint und weint, bis er, auf einem Handtuch ausgestreckt, neben seiner Mutter einschläft. Milagros ist wieder hinter ihren dunklen Brillengläsern verschwunden, die Lippen hat sie fest zusammengepresst.

Sie rufen nach ihr: »Maria.« Sie hört »Maria, Maria!«, aber es geschieht nicht wirklich, sie hat es bloß geträumt. Schweißgebadet von der Hitze ist sie auf ihrem Handtuch eingeschlafen. Der See sagt ihr nichts, das Wasser findet sie viel zu kalt, sie verabscheut den Schlamm. Sie versteht nicht, wie … Aber was soll's, sie versteht sowieso nie etwas. Noch etwas schlaftrunken hört sie, wie Lídia sich mit dem Mädchen unterhält. Sie findet, dass sie Nora zu viel Beachtung schenkt, sie redet mit ihr wie mit einer Erwachsenen, fast wie mit einer Freundin. Wie schön es doch wäre, wenn Lídia so mit ihr reden würde, aber die ganze Zuneigung der anderen erschöpft sich in der Verniedlichungsform ihres Namens. Marieta! Niemand sagt Maria zu ihr.

Seitdem sie weiß, dass die Eltern vor ihrer Geburt schon einmal ein kleines Mädchen gehabt haben, eine Maria, kommt ihr der Name, mit dem sie gerufen wird, irgendwie kläglich vor. Was ist schon ein Kätzchen neben einem Tiger? Und eine Sardelle verglichen mit einer Sardine? … Sie hat Hunger. Immer hat sie Hunger, Hunger und Durst, ihr Körper verlangt stets nach mehr, aber auch wenn sie den ganzen Tag lang isst, nie fühlt sie sich satt. Ihr Mann schweigt, und schon deshalb ist sie auf der Hut, denn wenn er erst einmal etwas sagt, herrje, dann kriegt sie oft einen gehörigen

Schreck oder versteht gar nicht, was er von ihr will. Oder aber Joaquim macht ihr Vorhaltungen, und manchmal, und das ist das Schlimmste, kommt es ihr vor, als würde er sich über sie lustig machen. Über ihre Schwächen, die Fehler, die sie begeht. Die zärtlichen Koseworte gehören der Vergangenheit an. Am Anfang war alles Zucker und Honig, »meine süße Marieta«, oder wie hat er sie genannt, damals, als er sie noch liebte? »Mein Honigmäulchen.« Wenn er wüsste, was sie macht, sobald er die Wohnung verlässt, um zur Arbeit zu gehen, wenn er wüsste, womit sie sich tröstet ... er würde glatt durchdrehen.

Sie kann sich damit abfinden, dass er ihr vorschreibt, wie sie ihre Schwiegermutter und den Jungen zu behandeln hat, und auch, dass es Joaquim ist, der bestimmt, wohin sie jeden Sonntag fahren, obwohl es ihr die Badesaison über viel lieber wäre, den Tag mit ihren Eltern und den Cousins und Cousinen zu verbringen, aber weshalb nennt er sie nicht wenigstens Maria? Schon vor langer Zeit hat sie ihn darum gebeten. Sie erinnert sich noch gut daran. Es war an dem Tag, an dem sie sich zum letzten Mal geliebt haben. Danach war ihr sogar durch den Kopf gegangen, sie könnte wieder schwanger sein, und obwohl sie sich davor fürchtete, noch so ein Kind wie Quim zu bekommen, fühlte sie sich sehr glücklich. Sie sagte zu Joaquim: »Bitte, nenn mich doch Maria.« Und er, anstelle einer Antwort, hatte angefangen zu lachen.

Jetzt denkt sie, dass dies der Anfang vom Ende gewesen ist, so als habe sich ihr Mann von diesem Augenblick an die Freiheit genommen, sie einfach zu vergessen, sie nicht mehr anzuschauen und wenn doch, dann mit einem spöttischen Blick. Als habe er sich die Freiheit genommen, nicht mehr mit ihr zu reden, oder einzig und allein, um ihr zu sagen: »So nicht, Marieta, so nicht.« Und was für ein Glück, dass er nicht weiß, was sie macht, wenn er zur Arbeit geht. Vielleicht ahnt er es ja. Und wenn er es herausfindet? Dann wäre sie verloren, dann wäre es das Ende.

Nein, niemand sagt Maria zu ihr, für sie bleibt immer nur die Verkleinerungsform, bleibt nur Marieta, und das empfindet sie als Herabsetzung, so als ob ein Lehrer ihr sagen würde, sie tauge nichts zum Lernen, sie sei nichts wert. Und obendrein ist sie davon überzeugt, dass ihr Junge herausgefunden hat, dass sie die Letzte ist, von der er sich etwas sagen lassen muss. Ja, Quim weiß das nur allzu gut und dementsprechend verhält er sich. Er gehorcht ihr kein bisschen, zieht die Strümpfe wieder aus, die sie ihm gerade erst angezogen hat, schiebt den Frühstücksteller zur Seite, ohne etwas gegessen zu haben, weigert sich, seine Spielsachen aufzuräumen, wenn sie ihn dazu auffordert oder ihn darum bittet. Lange schon grübelt sie über das Verhalten ihres Sohnes nach und dann ist ihr, so könnte man wohl sagen, eines Morgens ein Licht aufgegangen. Quim hatte seine Tasse mit Milch umgeworfen und sah gebannt dabei zu, wie sich eine weiße Lache auf dem Tisch ausbreitete, bis er schließlich mit glänzenden Augen zu ihr hochschaute, mit diesen wunderschönen schwarzen Augen. Doch anstatt sich über ihn zu ärgern oder den Versuch zu unternehmen, ihn zu bestrafen, stimmte Marieta einfach das erstbeste Lied an, das ihr in den Sinn kam.

Und der Hänfling singt:
Oh, wie schön und hübsch
ist doch das Kind Mariens!

Für ein paar Augenblicke blieb der Junge ganz still, schaute sie einfach nur an und verzog schließlich seine Lippen zu einem überraschten Lächeln. Und da sagte seine Mutter zu ihm:

– Ich heiße Maria.

Vielleicht geht es ja genau darum, geht es darum, etwas zu ändern, jemandem, den du jeden Tag siehst, einmal etwas anderes zu sagen. Anstatt »iss dein Frühstück« forderst du ihn auf, dich Maria zu nennen, als ob er nicht seit jeher »Mama« zu dir sagen würde. »Nenn mich Maria«, und das soll heißen, »Quim, versuch doch, mich mit anderen Augen zu sehen«. Der Junge hatte sie angelächelt. Dieses herrliche Geschöpf, in dem schon seit so langer Zeit ein aufmüpfiger, jähzorniger Teufel zu stecken schien, von dem man hätte meinen können, er setze alles daran, sie zu demütigen, ihr das Leben schwer zu machen, sie vor den anderen ins Lächerliche zu ziehen, dieses Geschöpf hatte sie aufmerksam angeschaut. Das Frühstück blieb unberührt auf dem Teller liegen, die verschüttete Milch tropfte an der Tischkante hinunter auf den Fußboden. Ohne die Pfütze aufzuwischen, brachte Marieta ihren Sohn zum Kindergarten. Auf dem Weg dorthin begegneten sie einem Spielkameraden von Quim und dessen Mutter, aber Marieta verspürte keine Lust, sich zu unterhalten. Sie nahm sich vor, sobald sie wieder zu Hause wäre, keine Tränen zu vergießen und auch nicht zur Flasche zu greifen, sondern sich gleich an einen Hausputz zu machen. Nur den Teller auf der mittlerweile sicher schon geronnenen Milch würde sie stehen lassen und Quim zum Mittagessen sein Frühstück vorsetzen.

Nach und nach hatte sie sich und die Wohnung vernachlässigt und schon viel zu lange nur das geputzt und aufgeräumt, was auf den ersten Blick ins Auge fiel. Sie machte die Betten, hielt die Kleidung in Ordnung und kochte das Essen, damit Joaquim sich nicht beschweren konnte. Den Boden aber hatte sie seit ewigen Zeiten nicht mehr gewischt. Staubflocken sammelten sich in den Ecken, unter dem Bett, den Stühlen und Tischen, legten sich auf Bücher und alle möglichen Gegenstände und flogen hoch, wenn man den Balkon oder die Haustür öffnete, aber auf so etwas achtete ihr Mann nicht und der Junge schon gar nicht. Und das konnte ihr nur recht sein.

Doch ab jetzt würde sie regelmäßig saubermachen und sie würde abnehmen.

Kaum in der Küche, hatte sie mit ein paar Bissen Quims Butterbrot verschlungen, das sie ihm eigentlich zum Mittagessen vorsetzen wollte. Es fiel ihr schwer, diesen dummen Hunger in den Griff zu bekommen, und dann war diese Scheibe Brot mit Kochschinken ja auch ein Zeugnis ihres Versagens als Mutter. Aber zumindest öffnete sie nicht die Flasche Wein, die sie zwischen den Putzmitteln versteckt hatte. Sie blieb standhaft.

XIII

Marietas Gesichtsausdruck kommt mir irgendwie seltsam vor. Sie nimmt wieder die Weinflasche an sich, die jemand zurück ins kühle Seewasser gestellt hat, und legt sich dann, mit der Flasche in der Hand, neben Quim. An das, was von diesem Augenblick an geschieht, kann ich mich nicht mehr erinnern. Wahrscheinlich greife ich zu meinem Buch, das auf dem gestreiften Handtuch liegt. Die Zeit scheint zum Stillstand zu kommen, plätschert träge dahin wie das Wasser, das das Seeufer umspült, ohne sich seiner zu bemächtigen. Das Zirpen der Grillen ist zu hören und ab und zu ein schriller Ruf in den Kronen der Pappeln. Vögel. Ich weiß nur noch, dass wir auf einmal alle wieder da sind und Marieta sich aufzurappeln versucht. Plötzlich, wie von einer Sprungfeder getrieben, schnellt sie nach vorne und übergibt sich. Lídia sagt zu mir:

– Nora, pass auf den Jungen auf. Ich bring Marieta zur Bahnhofstoilette.

Der Badeanzug, den sie am See trägt, schnürt sie ein, er ist ihr zu eng, genauso wie ihr Strandkleid. Schon lange fühlt sie sich in ihrer Haut wie in einer Wurstpelle, aber sie will unbedingt bei ihrer Kleidergröße bleiben. Eine Freundin hat sie gewarnt: Wenn du eine Nummer größer nimmst, dann hast du verloren, dann kannst du dich von deiner alten Größe endgültig verabschieden. Seit dem Tag mit der verschütteten Milch hat sie ein Kilo abgenommen, aber da sind noch viele Pfunde mehr, die sie loswerden muss.

Als Marieta bewusst wurde, dass sie gegen ihren Namen aufbegehrte, durchströmte sie mit einem Mal das Verlangen, wieder zu singen, so als wäre der Gesang eine Quelle, aus der sie frisches Wasser schöpfen könne. Schon gleich nach Quims Geburt hatte sie damit angefangen, ihm etwas vorzusingen, und der Kleine hatte friedlich geschlafen, zufrieden an ihrer Brust getrunken und gelächelt, wenn sie mit ihm spielte. Aber dann begann ihr Mann sich zu verändern. Sie brachte dies mit dem Zeitpunkt in Verbindung, als er sich mit Toni anfreundete und Lídia kennenlernte. Von da an stand sie unter ständigem Beschuss, denn unaufhörlich prasselten das Weinen des einen und die Vorhaltungen des anderen auf sie nieder. Und so waren ihr schließlich die Lieder abhandengekommen. Vielleicht hatte sie sie aber auch, ohne es zu merken, auf einem unsichtbaren Speicher tief in ihrem Inneren versteckt.

Unter dem Namen Maria hatte sie sich kurzentschlossen in dem kleinen Chor angemeldet, den es im Ort gab, und vom ersten Tag an zog sie die anderen mit ihrer Stimme in den Bann. Es war, als würden alle gemeinsam schweben. Womöglich könnten sie jetzt ganz andere Lieder einstudieren, dachte der Chorleiter, und ein weit anspruchsvolleres Repertoire zusammenstellen, eins, das diese so reine Stimme zur Geltung bringen würde. Maria war dem Chor an einem der ersten Herbstabende beigetreten, als die Blätter der Pappeln am See schon gelb im Wind zitterten und fast niemand mehr schwimmen ging, weil das Wasser viel zu kalt war. Voller Fragen und Selbstzweifel war sie zu ihrer ersten Probe gegangen. Sie hatte dem Chorleiter vorgesungen, und im Raum war es immer stiller geworden, bis auf einmal alle Gespräche verstummten.

Wenn sie sang, vergaß sie die ganze Welt, vor allem aber vergaß sie das Leben zu Hause. In der Musik gab es keinen Joaquim, gab es keinen Quim und auch nicht ihre immer so freudlosen Eltern.

Wenn sie sang, verschwand sogar Lídia aus ihren Gedanken, mit jedem Ton ein wenig mehr, Lídia, die ihr alles nahm und ihr doch gar nichts nehmen wollte. Lange Zeit über war es eine Qual gewesen, sich daran zu erinnern, mit welcher Hingabe sie auf der Bahnhofstoilette für sie da gewesen war. Im Spiegel hatte Marieta sehen können, wie Lídia ihr Handtuch nass machte und über die Flecken ihres Badeanzugs rieb und wie sie dann ein Taschentuch mit dem kühlen Wasser aus dem Hahn befeuchtete und ihr den Hals abtupfte. Und immerfort sagte sie Dinge, die so gar nichts mit ihrem Versagen zu tun hatten, liebevolle Dinge. Sie erinnert sich auch noch daran, dass Lídia, als sie unter dem Bahnhofsportal hindurchgingen, ihr erzählte, wie sehr sie sich jedes Mal über den Anblick der drei Bögen freue, denn dann wisse sie, bis zum See sei es nicht mehr weit. Schließlich schwiegen die beiden Frauen, und auf dem Weg zurück, hinunter zum See, begann Marietas Körper, sich allmählich zu entspannen. Aber plötzlich hörte sie ihre Schwiegermutter gellend aufschreien und panische Angst überfiel sie. Ihr erster Impuls war loszurennen, doch da waren diese verdammten Badelatschen … Und schmerzhaft wurde ihr wieder bewusst, dass sie ein einziger Fettkloß geworden war. Sie brauchte bloß zu stolpern, und schon drohte sie wie ein Strohballen zum Wasser hinunterzurollen, um dort gegen eine der Pappeln zu prallen. Vielleicht würde sie aber auch auf die Steine am Ufer aufschlagen oder bliebe ganz einfach im Schlamm stecken. Könnte der Schlamm sie denn aufhalten?

Mit der Zeit musste sie nicht mehr so oft an Lídia denken, wie sie neben ihr gestanden hatte, und auch nicht an ihre so anmutige Schönheit, die ihr auf der Bahnhofstoilette wie der Ausdruck einfühlsamer Güte erschienen war. Wenn Marieta sang, wich das Bild der anderen Frau zurück, löste sich allmählich auf und mit ihm die gespenstische Erinnerung an jenen furchtbaren Sonntag. An das Erbrochene auf dem Handtuch und daran, wie man ihren kleinen Sohn aus dem Wasser zog, an Milagros, die sie zum ersten und letzten Mal voller Zorn angeschaut hatte. Und auch, da waren sie schon zu Hause, an Joaquims gewaltigen und schier endlosen Wutanfall, weil sie sich betrunken hatte. Nach und nach entfernte sich dieser letzte Tag am See von Marieta, und zurück blieb nur die lebhafte Erinnerung an den einzigen Menschen, der zur Stelle gewesen war, als es darauf ankam, Nora mit ihren gerade mal zwölf Jahren. Und dann war da noch diese eine, für die Erwachsenen unbegreifliche, Szene, die so gar nicht zu dem passen wollte, was das Mädchen gerade getan hatte. Sie saß mit gesenktem Kopf auf dem Boden, hielt die Knie umschlungen, die Zehen hatte sie in den Schlamm gebohrt, und verweigerte sich allen Glückwünschen und Aufforderungen, doch aufzustehen, doch ihr Gesicht zu zeigen. So als würde sie sich schämen, ihrem Sohn das Leben gerettet zu haben.

XIV

Als sich Quims Mutter im Zug bei mir bedankte, hätte ich sie am liebsten angeschrien, wie sie nur so dumm sein konnte. Merkte sie denn gar nicht, dass ihr dieses Kind das Leben unmöglich machte? Ich konnte ihn nicht ausstehen und doch hatte ich ihren Jungen ohne zu zögern unter dem Schwimmreifen hervorgezogen, und dafür bedankte sich Marieta nun überschwänglich bei mir. Sie war also glücklich darüber, dass Quim sie weiter schlecht behandeln konnte. Ich war es leid, so was von leid, dass alle, einmal abgesehen von Milagros, seine Aufmupfigkeit duldeten, und deshalb konnte ich Marietas Ausbruch an Freude in diesem Augenblick einfach nicht nachvollziehen. Doch diese Gedanken behielt ich für mich, ich senkte den Kopf und fing wieder an zu weinen und alle schwiegen.

Nach dem Aufstehen geht sie ins Badezimmer und betrachtet sich lächelnd im Spiegel. Ihr Haar ist strubbelig, sie greift zum Kamm.

In Gedanken sieht sie sich wieder vor dem Spiegel in ihrem Mädchenzimmer stehen, das sie mit ihrer Schwester teilte. Ihre Mutter hatte ihn dort aufgehängt, nachdem alle beide in einem fort gebettelt hatten, sie würden doch so gerne einen eigenen Spiegel haben. Jetzt kommt ihr das gerade mal eine Handbreit hohe Rechteck wieder in den Sinn. Es hatte keinen richtigen Rahmen und wurde von einer dünnen Schnur gehalten, die auf der Rückseite durch einen kleinen Ring geführt werden musste. Der Spiegel hing immer ein wenig schief. Lídia hatte jedes Mal einen Blick hineingeworfen, bevor sie auf den schmalen Flur hinausging, der zum kleinen Esszimmer führte. In der Erinnerung ist alles immer viel schöner, als es in Wirklichkeit war, das weiß sie nur allzu gut, und wieder muss sie lächeln.

Jetzt geht sie in ihrer geräumigen, hellen Wohnung umher. Mit jedem Möbelstück, das sie ausgesucht hatte, war Toni einverstanden gewesen. Auch zu den vier Spiegeln hatte er Ja gesagt: in der Diele, über der Anrichte, im Badezimmer und an ihrem Frisiertisch im Schlafzimmer. Zudem besitzt sie mehrere Taschenspiegel, um überprüfen zu können, ob ihre Frisur auch hinten sitzt, um sich die Nase zu pudern oder die Augenbrauen nachzuziehen.

Sie hatte sich darauf gefreut, mit Toni in einer kleinen Stadt zu leben, in der jeder sie im Vorbeigehen grüßte. In ihrem Viertel daheim in Barcelona hatte sie sich wohlgefühlt, aber nie gab es genug Platz, weder zu Hause in der Wohnung noch draußen auf der Straße. Jeden Tag begegneten ihr der Junge aus dem Lebensmittelgeschäft, der aus der Autowerkstatt, der feiste Konditor mit dem stechenden Blick. Alle riefen ihr hinterher: »Lídia, Lídia, Lídia!« Sie streckten die Arme nach ihr aus, die Hände griffen nach ihr und manchmal berührten sie sie sogar. Sie fühlte sich beengt und bedrängt, und nie fand sie Worte, um ihnen auszuweichen, sich ihnen zu entziehen, sie zurückzuweisen. Und so sagte sie bloß »Adieu, Adieu« und stürmte davon. Wie gerne hätte sie doch in aller Ruhe einen Bummel gemacht, um sich die Auslagen der Geschäfte anzuschauen und das rege Alltagstreiben in ihrem Viertel zu genießen, aber so ging sie nur schnurstracks zu ihrem Nähkurs. Nach dem Abitur hatte sie erklärt, Studieren liege ihr nicht. Ihr Vater war ernst geworden, doch noch bevor er etwas sagen konnte, hatte ihre Mutter angefangen zu lachen.

– Was soll's! Dir wird eh ein netter junger Mann über den Weg laufen.

Und sie hatte ihre Wange gestreichelt, war ihr über das Haar gefahren.

– Ach du, meine kleine Zuckerschnecke!

Ihre Schwester fühlte sich immer gleich gekränkt.

– Ich weiß gar nicht, weshalb sie dich so nennt, so süß bist du nun auch wieder nicht.

Lídia öffnet den Hahn, beugt sich hinunter, fängt mit beiden Händen etwas Wasser auf und schöpft es sich ins Gesicht. Anschließend formt sie die noch feuchten Finger zu einer Art Harke und fährt damit durch ihr langes Haar, um es ein wenig zu bändigen. Sie fragt sich, bei so viel Liebe, wie kann es da angehen, dass sie noch keine Kinderschar um sich versammelt haben?

Zu Beginn ihrer Ehe hatte sie sich Zwillinge gewünscht, einen Junge wie Toni und ein Mädchen wie sie für ihn. Mit der Zeit hätte sie sich auch mit nur einem Kind zufriedengegeben, egal ob Junge oder Mädchen, dick oder dünn, dunkelhaarig oder blond. Aber von Anfang an gab es ja mehr als genug für sie zu tun … Sie musste die Hochzeitsgeschenke einräumen, die Wohnung mit Blumen schmücken, sich darum kümmern, dass alles immer schön aussah, und kochen lernen musste sie auch. Sie stattete Tonis Familie einen Besuch ab. Ihr Schwiegervater sah sie an, als wäre sie eine Königin, und geleitete sie durch den Familiensitz im Dorf. Dabei legte er drei Finger hinten auf ihre Taille, als würde er sie beschützen wollen. Lídia trug damals gerne Weiß oder helle Farben. Ihre

Schwiegermutter betrachtete sie und ihr Mund verzog sich zu einem missglückten Lächeln. Traf Lídia auf ihre Schwägerin, auf Solita, verschwand diese, immer in Schürze und Pantoffeln, gleich mit Scheuerlappen und Staubtuch in eins der Zimmer, oder sie war mit der Zubereitung des Mittagessens oder anderen Arbeiten zugange. Lídia wollte Tonis ganze Verwandtschaft kennenlernen, die Nachbarn begrüßen, sich für sie interessieren, sich bei ihnen für die Glückwünsche zur Hochzeit bedanken. Alles war so schön, so neu und überwältigend! Und bei allem, was sie tat, war sie mit Begeisterung bei der Sache. Oftmals, wenn sie ein paar Dahlien mit einem Hauch von Federspargel, ein Geschenk der Nachbarin, die auf demselben Stockwerk wohnte, in einer Vase arrangierte, oder Llamps Kopf kraulte und auch, wenn sie sich ab und an eine frische Schürze umband, um Toni ein Spiegelei zu braten, dann schaute ihr Mann sie mit diesem besonderen Gesichtsausdruck an, den sie so sehr an ihm liebte, lächelnd und erstaunt zugleich. In solchen Augenblicken war Lídia nahe dran, ihm von Francesc zu erzählen. Einmal hatte sie es schon getan, ein einziges Mal, doch Toni war einfach darüber hinweggegangen, hatte ihr weder eine Frage gestellt noch eine Bemerkung gemacht. Sie erinnerte sich, dass sie gleich danach wie verabredet auf ein

Fest gegangen waren. Sie waren verliebt, sie hatten getanzt, sich amüsiert, was war auch schlecht daran? Noch jetzt, nachdem sie schon ein paar Jahre verheiratet waren, verspürte sie manchmal das Bedürfnis, mit Toni über ihren Bruder zu reden, aber dann musste sie jedes Mal an die Worte ihrer Mutter denken:

– Traurige Geschichten sind den Männern lästig.

Sie fand nicht, dass Francescs Geschichte traurig war. Die Erinnerung an ihn war voller Licht und Lachen, und ohne zu wissen, warum, war ihr mit einem Mal wieder danach, über ihn zu reden, aber dann folgte sie doch dem Ratschlag ihrer Mutter. Zudem drängte ihre Lebenslust sie gleich wieder in eine andere Richtung, zu einem anderen Vorhaben, und so ließ sie es auch dieses Mal dabei bewenden.

Bald schon hatte Toni die Idee mit dem Geschäft, und sie, voller Begeisterung, lernte alles über Schuhe.

Die Welt war wie geschaffen für sie. Oder war sie es, die wie gemacht war für diese Welt?

Noras Mutter war so ganz anders als Lídia. Not und Entbehrung hatten sie hart werden lassen, aber wie die Frau ihres Cousins mochte auch sie für ihr Leben gern ins Kino gehen. Immer wieder trafen sich die beiden Frauen dort und tauschten sich hinterher über die Geschichten aus, die in den Filmen erzählt wurden. So kamen sie einander näher. Mit Teresa sprach Lídia ab und zu über Francesc. Auch Tonis Cousine hatte ihre ganz eigene Familiengeschichte und wunderte sich nicht, wenn Lídia ihr im Kinosaal zuflüsterte, dieser oder jener Schauspieler sehe irgendwie ihrem Bruder ähnlich, oder wenn sie beim Hinausgehen weiter von ihm sprach, ihr zum Beispiel erzählte, dass er als Einziger in der Familie richtig gut habe schwimmen können, oder sonst etwas in der Art. Teresa schien dankbar zu sein für dieses Vertrauen und manchmal war sie es sogar, die das Thema zur Sprache brachte.

– Was für ein Jammer, dass dein Bruder nicht euer schönes Schuhgeschäft kennengelernt hat!

Lídia machte es nichts aus, die eine oder andere Begebenheit aus der Vergangenheit noch einmal zu erzählen. In ihren Gedanken sah sie Francesc, als hätte sie eine Kinoleinwand vor sich, auf der sich sein Leben wie ein Film immer wieder von vorne abspulte. Seit dem Tod ihres Bruders hatte Lídia im wirklichen Leben nicht mehr geweint, im dunklen Kinosaal aber, als sie *Splendor in the Grass* zeigten, vergoss sie heiße Tränen über das Scheitern einer solch großen Liebe. Sie musste dabei an die Leidenschaft denken, die Toni und sie in ihren Anfängen füreinander empfunden hatten, an diese unbändige Anziehungskraft, die sie sich in dem beschaulichen Leben, das sie bis dahin geführt hatte, nicht mehr wohlfühlen ließ. Sollte sie ein Mädchen bekommen, hatte sie daran gedacht, es Natàlia zu nennen, zu Ehren dieser wunderbaren Schauspielerin, der Protagonistin des Films. Was für Augen! Was für ein Blick! Von ihrem Liebsten getrennt, ist sie wie ein Strohhalm, der vom Wind umhergetrieben wird. Schließlich verlobt sie sich mit einem jungen Mann, einem Leidensgenossen aus der psychiatrischen Anstalt, in die man sie eingewiesen hat, der wie sie versuchen muss, sein Leben wieder in den Griff zu bekommen. Am Ende der Geschichte sucht die Hauptdarstellerin den noch immer geliebten Mann auf seiner Farm auf. Mit ihrer durch Elektroschocks eingefrorenen Leidenschaft steht sie vor ihm, so als trüge sie ein eisernes Korsett, um einem so grausamen Moment ihres Lebens wie diesem aufrecht begegnen zu können. Lídia und mit ihr alle anderen Zuschauer im Saal konnten sich davon überzeugen, dass es dem jungen Farmer gut ging an der Seite seiner fleißigen und hübschen Frau, die noch dazu ein Kind erwartete. Aber kein Vergleich zur Zartheit der Hauptfigur und zu diesem Blick, den Natalie Wood ihr verlieh. Er führte nun ein Leben, das es ihm erlaubte, einen festen Platz in der Gesellschaft einzunehmen, er war Ehemann und Vater und nicht mehr länger der Junge, den sie gekannt hatte, so zärtlich und so voller Begehren.

Doch Lídia war überzeugt davon, dass es immer Verse über den Glanz der Gräser und die Pracht der Blumen geben würde, um die Leidenschaft anderer liebender Paare leuchten zu lassen.

XV

Als mich die Schwester meiner Mutter einlud, doch für eine Woche zu ihnen zu kommen, in ein kleines Dorf in den Pyrenäen, war das meine Rettung. Sie meinte, ich könne ihnen bei der zweiten Mahd zur Hand gehen und dass ihr Sohn, mein Cousin, der im selben Alter war wie ich, mir Gesellschaft leisten würde. Ich wollte es erst gar nicht glauben, dass meine Eltern mir ihre Erlaubnis gaben, obwohl sie das Ganze vielleicht sogar selbst eingefädelt hatten, waren sie doch wegen meiner Verstörtheit sehr in Sorge. Also verbrachte ich einige Tage in den Bergen mit einem Cousin, der so gewieft war wie ein Fuchs und der mich behandelte, als hätte ich von nichts eine Ahnung, nicht von der Welt und schon gar nicht von seinem Dorf. Überallhin schleppte er mich mit, zum Angeln, zu den Wiesen, zum Steinewerfen mit seinen Freunden, bis er einmal zu mir meinte, wir würden jetzt zum Fluss gehen, um dort in einem Tümpel zu baden, doch da habe ich nicht mitmachen wollen.

Jetzt, an jedem heißen Sonntag eines neuen Sommers, muss Lídia an Nora denken, an dieses so verständige Mädchen, die einzige angenehm stille Begleitung, die sie jemals hatte. Ihre Begeisterung für den See war wohl mit der Grund dafür gewesen, dass Nora in Kauf nahm, den Sonntag ohne ihre Eltern zu verbringen, dass sie Tonis Launen ertrug und auch die Familie von Senyor Joaquim. Das Mädchen war zwölf Jahre alt und durchaus in der Lage, auf unvorhersehbare Ereignisse zu reagieren, doch die Sache mit Quim hatte sie völlig aus dem Gleichgewicht gebracht. Im Kino hatte Teresa zu ihr gemeint, sie würden das Mädchen jetzt erst einmal nicht zum See fahren lassen, und hinzugefügt, dass sich Nora noch immer in Schweigen hülle. Zudem erfuhr Lídia, dass das Mädchen für ein paar Tage Verwandte in den Bergen besuchen würde. Später, als der Sommer sich langsam dem Ende zuneigte, hatte Teresa dann entschieden, dass das Wasser jetzt zu kalt sei, um im See zu baden.

Lídia steckt ihr Haar hoch und cremt sich vor dem Spiegel ihr Gesicht mit Nivea ein. Es ist sehr heiß. Bald wird Toni sie im roten Seat zum See begleiten.

Seitdem Senyor Joaquim nicht mehr als Verkäufer im Schuhgeschäft arbeitet, hat sich einiges geändert. Toni tat anfangs so, als sei nichts geschehen. Er bediente die Kundschaft wieder selbst und schien sogar Gefallen daran zu finden, aber bald schon war er der ganzen Sache wieder überdrüssig. Es gelang ihm, eine Vereinbarung mit seiner Schwester zu treffen. Von nun an wäre er für das Land und das Vieh zuständig, während sie sich um die Mutter kümmern würde, um das Haus, den Gemüsegarten und das Federvieh.

Eine Kundin aus dem Schuhgeschäft hatte Lídia gegenüber bemerkt, Toni sei häufig im Café La Francesa anzutreffen, wo die Kellnerin, ein regelrechter Vamp, ihm schöne Augen mache. Es war das erste Mal, dass ein solches Gerücht an ihre Ohren drang, und sie schenkte ihm nicht weiter Beachtung. Die Frau, die ihr davon erzählte, kannte diese Kellnerin, weil sie aus demselben Dorf stammte wie ihr Ehemann, und der wiederum wusste zu berichten, dass Rosa schwanger gewesen sei. In ihrem Dorf habe sich »diese Unglückselige« aber nie mehr blicken lassen, fügte die Kundin hinzu, und wo sie ja nicht verheiratet sei, habe sie bestimmt Mittel und Wege gefunden, um sich das Kind wegmachen zu lassen.

Wenn Toni und ich schon darunter leiden, dass wir keins haben, dachte Lídia, wie schrecklich muss es dann erst sein, ein Kind zu verlieren, selbst wenn es diese Rosa als ledige Mutter wahrlich nicht leicht gehabt hätte. Sie nahm sich vor, Toni nach ihr zu fragen, aber immer kam etwas dazwischen, und schließlich dachte sie nicht mehr daran, auch wenn es ihr keineswegs entgangen war, dass die Kundin hatte andeuten wollen, ihr Mann würde sie vielleicht betrügen.

Wenn sie am See sind, geht Toni auch jetzt nie baden, im Grunde ist sie ja davon überzeugt, dass er überhaupt nicht schwimmen kann, aber dieses Thema schneidet sie besser erst gar nicht an, wofür sollte es auch gut sein. Toni setzt sich meist mit einer Zeitung auf den Baumstamm an ihrem Lieblingsplatz oder legt sich auf ein Badetuch und döst vor sich hin. Anders als früher, als sie noch mit der kleinen Gruppe am See waren, ist er nun die Ruhe selbst. Zum Mittagessen fahren sie jetzt immer zu Schwiegermutter und Schwägerin. Die beiden sind zugänglicher geworden, und sie verschmähen auch nicht, was Lídia ihnen mitbringt. Etwas Gebäck, eine Tüte Bonbons, einen Strauß Gladiolen. Doch jedes Mal, wenn sie seine Mutter und Solita besuchen, sagt Toni zu ihr:

– Und wirf dich nicht so in Schale!

Heute, noch bevor sie die Badetücher Richtung See ausbreiten, hat er angefangen, ihr von einem Jungen zu erzählen, den sie adoptieren könnten.

Ungefähr drei Jahre sei er alt und der Sohn der Kellnerin aus dem Café La Francesa. Blitzartig erinnert sich Lídia und es entfährt ihr:

– Von Rosa?

– Rosa? Nein, sie heißt Brigitte, stell dir vor, wie Brigitte Bardot.

– Aber ich dachte, sie hat das Kind wegmachen lassen?

– Was? Kennst du sie etwa? Und wer sagt denn, dass sie es hat wegmachen lassen?

Als Lídia ihm von dem Gespräch mit der Kundin erzählt, erklärt ihr Toni, dass Brigitte, oder wie immer sie auch heißen mag, sich nicht um das Kind kümmern könne, weil sie sich allein ihren Lebensunterhalt verdienen müsse. Ihre Familie habe ihr den Rücken gekehrt, außer einer entfernten Verwandten, die gegen ein kleines Entgelt auf das Kind aufpasse. Aber die lebe in einem Dorf unten im Tal, und nur an manchen Sonntagen habe die Mutter die Möglichkeit, ihren Jungen zu sehen. Und dann kämen die beiden Frauen allem Anschein nach auch nicht besonders gut miteinander aus. Ohne das Kind könnte sie in die Stadt gehen und dort eine bessere Arbeit finden. Sie würde ihn ja gerne bei sich behalten, aber sie denke, für sie und den Jungen sei es letztlich besser, wenn er in einer richtigen Familie aufwachse und in einer, in der es keine Geldsorgen gebe.

– Er heißt Àngel.
– Der Junge?
– Ja! Gefällt dir der Name nicht?
– Doch, natürlich! Sehr sogar.

Am See, mit dem Auto und sie beide ganz allein, ist es jetzt anders als früher, nur eine Sache, die ist fast gleich geblieben. Bis zum Mittagessen ist es noch mehr als eine Stunde hin, doch Toni drängt sie schon zur Eile. Und Lídia denkt, dass sie nun den größten Teil des Nachmittags in einem düsteren Esszimmer vergeuden wird, um über Schafe, den letzten Kaninchenwurf oder die Weizenernte zu reden, oder aber, was noch schlimmer ist, alle vier würden sich anschweigen. Und dabei mag sie sich gerne unterhalten, doch mit ihrer Schwiegermutter und ihrer Schwägerin geht ihr bald der Gesprächsstoff aus, und irgendwann kommt der Moment, in dem sie nicht mehr weiß, was sie noch sagen soll. Sie vermisst diese Stunde am See, in der sie fast immer für sich sein konnte, in der sich das Licht verändert und mit ihm die Landschaft. Die Pappeln scheinen dann im Sonnenlicht zu träumen, das Wasser ist wärmer als am Morgen und es herrscht eine tiefe Stille. Auf der anderen Seite des Sees leuchtet der Himmel in allen Farben, und aus dem Scherenschnitt der Berge ragt einer heraus, der in den Schattierungen des Feuers erglüht.

Lídia wird niemals so weit auf den See hinauskommen wie Nora mit sechzehn Jahren, als eine abenteuerliche Floßfahrt das Mädchen und ihre beiden Freunde, Agnès und Pep, sowie zwei fremde Jungen geradewegs zum anderen Seeufer bringen wird, fast bis unter den schroffen Felsen, den Lídia für einen Berg hält. Und so wird sie auch nicht wie Nora dieses überbordende Glücksgefühl verspüren, wie wenn einem Wein zu Kopf steigt und man sich der Euphorie bewusst wird, die einen erfasst. Aber Lídia wird auch nie bei der Vorstellung erschaudern müssen, dass sie, frierend und durstig, gezwungen wäre, wer weiß wie lange mitten auf dem See auszuharren.

Es gelang uns, mit dem Floß in der Nähe von Lídias Lieblingsplatz anzulegen, und da ich mich dort auskannte, führte ich sie, obwohl es schon dunkel wurde, innerhalb kürzester Zeit hoch zur Straße. Die beiden Jungen hoben das Floß jeweils an einem Ende an und machten sich dann die Straße hinunter auf den Weg zu ihrem Lieferwagen, den sie in der Nähe der Staumauer abgestellt hatten. Ich sah ihnen nach, wie sie sich nach einem flüchtigen Abschiedsgruß entfernten, und mir war, als hätte ich mir gerade den Finger in einer Tür geklemmt.

Diejenigen, die zuerst ankamen, waren die Eltern von Agnès in ihrem Renault 12. Pep und ich waren mit ihr bis zur Autotür gegangen und wurden Zeugen, wie ihr Vater Agnès eine Ohrfeige verpasste. Danach stellte er Pep und mich zur Rede und sagte, in Zukunft sollten wir uns von seiner Tochter fernhalten. Ihre Mutter schluchzte auf eine ganz merkwürdige Art. Unter anderen Umständen hätten wir bei diesem Geräusch vor Lachen losgeprustet. Dann, wobei sie sich bemühte, einen normalen Tonfall anzuschlagen, sagte mir die Mutter meiner Freundin, dass meine Eltern schon auf dem Weg seien. Pep und ich setzten uns auf den Boden und warteten in der stillen Nacht auf ein Paar Scheinwerfer, die uns blenden würden.

Aber schließlich war sie es, denkt Lídia, die Nora das Schwimmen beigebracht hat, ohne dabei voraussehen zu können, dass sie eines Tages weiter, sehr viel weiter als sie selbst gelangen würde. Plötzlich durchfährt sie der Gedanke, dass sie ja noch immer ein Kind in ihren Armen halten und ihm beibringen könnte zu schwimmen. Dafür sorgen, dass es im Leben vorwärtskommt. Mit einem Mal ist sie ganz still, lächelt vor sich hin. Sie hat Tränen in den Augen, aber ihr Gesicht spiegelt Glück wider, Erfüllung. Toni schaut sie überrascht an, in diesem Augenblick kommt sie ihm besonders schön vor. Es ist lange her, dass er einen solchen Ausdruck auf dem Gesicht seiner Frau gesehen hat. Es ist derselbe wie damals, als sie sich noch gar nicht lange kannten und sie ihm von ihrem Bruder erzählt hatte, der so jung gestorben war. Und ohne zu wissen, warum, spürt er wieder, wie ihn das Messer der Eifersucht durchbohrt.

Von ihrem Lieblingsplatz aus hört Lídia das Quietschen der Eisenbahnräder, als der Zug im Bahnhof zum Stehen kommt und er sich dann, kurze Zeit später, wieder in Gang setzt. Für ein paar Momente schließt sie die Augen und denkt an die Anmut der drei Rundbögen, an diese Freude, die sie jedes Mal verspürt hat, wenn sie auf dem Weg zum See unter einem von ihnen durchgegangen ist. Noch immer ragen sie hoch über die Köpfe der Reisenden hinweg.

XVI

Ich weiß, dass Vater meinen Namen ausgesucht hat. Er hat ihn aus einem seiner Bücher. Er wollte nicht, dass ich den Namen meiner Mutter bekomme, auch nicht den meiner Großmutter oder anderer Frauen aus unserer Familie. Als kleines Mädchen gefiel mir Nora nicht, weil die Erwachsenen, wenn ich auf ihre Frage, wie ich denn heiße, meinen Namen nannte, mich immer ganz erstaunt ansahen, und die Mädchen in meinem Alter, noch heute weiß ich nicht, weshalb, sich für gewöhnlich über ihn lustig machten. Nora, jede der zwei Silben hat einen klaren Klang, aber die beiden hintereinander bilden allem Anschein nach einen wenig geläufigen Namen. Ich fand, dass er mich von den anderen unterschied und mich anfänglich sogar ein wenig ausgrenzte. Doch einmal, da war ich schon fünfzehn, fragte mich ein Junge aus der Stadt, der bei uns oben die Ferien verbrachte und für den wir Mädchen alle schwärmten, ob mein Name die Abkürzung von Elionora sei. Als ich das verneinte, meinte er zu mir, es sei jedenfalls ein sehr schöner Name. Und das war für mich, als hätte ein Richter mit einem Hammerschlag den Fall zu meinen Gunsten entschieden.

Nora hat ihrem Vater gesagt, dass sie gleich zum See fahren wird. Er sitzt auf dem Balkon und ist am Lesen. Sie setzt sich zu ihm und er nimmt die Pfeife aus dem Mund und schaut zum Himmel. Es ist ein wolkenloser Tag und es wird heiß werden.

Früher, als sie noch kleiner war, ist sie gern mit den Eltern an den See gefahren, jetzt aber mag sie lieber mit Senyora Lídia, wie die Eltern sie in ihrer Gegenwart nennen, den Sonntag dort verbringen. Mit ihr und ihren Freunden. Die wollen zwar immer etwas von ihr wissen, aber mit Lídia kann sie von gleich zu gleich reden, wie mit einer Freundin. Auch lange schwimmen kann sie und, wenn es Mittagszeit ist, das essen, was ihr schmeckt.

– Du bist also gerne am See mit der Cousine, mit ihrem Mann und all den anderen?

– Ja, aber noch lieber wäre mir, Quim und seine Familie würden nicht mitkommen.

– Warum? Sind sie nicht nett zu dir?

– Schon, sehr sogar, aber ich kenne sie doch nicht so gut wie Lídia.

– Du meinst wie Senyora Lídia?

– Ja.

– Du magst sie, oder?

– Ja, sehr!

– Warum?

– Weil sie immer fröhlich ist und allen hilft!

– Sie hilft allen?

– Ja. Wenn das Kind quengelt und auf ihren Schoß will, dann nimmt sie es hoch, und wenn Mutters Cousin Hunger hat, holt sie ihm gleich etwas aus dem Picknickkorb zum Essen. Sie hilft den anderen auch beim Tragen und auf mich passt sie auf.

– Oje, dann hat sie tatsächlich jede Menge zu tun! Du weißt aber schon, Nora, dass das Wasser trügerisch sein kann?

– Ja, natürlich!

In Wirklichkeit aber will der Vater ihr zu verstehen geben, dass uns auch die Menschen, die wir ganz besonders mögen, manchmal enttäuschen können, aber er findet, dazu sei sie noch zu jung, und er will auch Lídia keineswegs in ein schlechtes Licht setzen, das wäre mehr als ungerecht. Ihm ist wichtig, dass seine Tochter einmal eigene Ziele in ihrem Leben verfolgt, aus ihr soll kein Püppchen werden, das nur den anderen gefallen will. Aber um darüber mit ihr reden zu können, wird er wohl noch etwas warten müssen.

– Auch wenn du schwimmen kannst, du musst immer gut aufpassen und dich nicht darauf verlassen, dass jemand anders auf dich Acht gibt.

– Ich pass doch auf!

– Tust du das?

Er nimmt die Pfeife wieder aus dem Mund, legt das Buch in den Schoß und lächelt Nora an, bevor er ihr einen Kuss gibt. Ein Gefühl von Wärme bleibt auf ihrer Wange zurück. Dann steigt aus seiner Pfeife eine feine Rauchsäule zwischen den beiden auf, als wäre dies ein Zeichen, dass sie sich nun auf den Weg zum See machen darf.

Manchmal denkt Nora, dass ihr Vater so mit ihr redet, weil er es vermeiden will, ihr Vorschriften zu machen. Von ihrer Mutter dagegen bekommt sie zu hören:

– Wenn du den Erwachsenen nicht folgst, kannst du ertrinken! Also tu, was Toni und Lídia dir sagen.

Toni! Ihre Mutter hat anscheinend keine Ahnung, dass ihr Cousin nie schwimmt, denkt Nora, noch nicht einmal mit den Füßen geht er ins Wasser, aber besser, sie behält das für sich. Ob Lídia mit ihrer Mutter nicht darüber spricht, was sie am See so machen? Wenn sie die beiden zusammen sieht, sind sie stets gut gelaunt, sie verabreden sich fürs Kino, und man merkt, dass sie sich dort prächtig amüsieren. Ihr Vater hingegen bleibt zu Hause und liest. Früher hat er das Kino auch sehr gemocht, aber dann ist er immer seltener hingegangen, sie weiß nicht, warum. Jetzt zieht er es jedenfalls vor, daheim zu bleiben. Nora selbst wiederum mag nichts lieber, als Lídia Gesellschaft zu leisten, wenn Toni auf Reisen ist und dort übernachtet, wohin ihn seine Geschäfte führen. Dann nimmt sich Lídia viel Zeit für sie, dann sind da nur sie beide. Sie schlägt ihr ein Abendessen vor, das ganz nach Noras Geschmack ist, und bringt ihr auch ein paar Dinge über das Kochen bei. Sie unterhalten sich beim Essen und immer gibt es etwas zu lachen. Doch das, was Nora am besten gefällt, kommt erst später. Nach dem Abendessen gehen sie in das eheliche Schlafzimmer, sie ziehen sich aus, schlüpfen in ihre Nachthemden und eine jede stopft sich ein Kissen in den Rücken. Nora nimmt stets die Seite in Beschlag, auf der sonst Toni schläft. Lídia legt einen Stapel Zeitschriften neben sich, und Nora hat wie immer daran gedacht, sich ein Buch von zu Hause mitzubringen.

An einem Abend, die beiden waren schon eine ganze Weile am Lesen, drehte sich Nora zu Lídia, um sie anzuschauen. Mit Brille wirkt Lídias Gesicht ganz anders. Sie lässt sie wie eine dieser umwerfend schönen Schauspielerinnen aussehen, die im Film eine Lehrerin verkörpern. Nachdem sie Lídia einen Moment lang aufmerksam betrachtet hatte, fing Nora mit einem Mal an zu lachen und konnte sich gar nicht mehr einkriegen. Bis Lídia sich ihr schließlich schmunzelnd zuwandte und sie fragte, was denn so lustig sei. Nora gab ihr zur Antwort, dass aus ihrer Brille ein Glas herausgefallen sei und sie trotzdem einfach weiterlesen würde. Da setzte Lídia ihre Brille ab und suchte nach dem Glas, das in eine Falte des Bettlakens gerutscht war, und schließlich fingen alle beide an zu lachen, bis Lídia entschied, jetzt sei es aber Zeit zu schlafen. Nora ging es durch den Kopf, dass ihre Mutter gleich geschaut hätte, wie sich das Glas wieder einsetzen ließe, und das Lachen wäre nur von kurzer Dauer gewesen.

Eifersucht? Sie spürte, dass beide Frauen sich irgendwie wünschten, an Stelle der anderen zu sein. Lídia, weil sie kinderlos war, während ihre Mutter ja sie hatte. Und Teresa, weil sie so vielen familiären Verpflichtungen nachgehen musste, vor allem aber, weil es so schien, als wäre Nora lieber mit Lídia als mit ihr zusammen. Manchmal brachte dies Noras Mutter dazu, noch strenger zu sein als sonst, und dann gab es kaum etwas, womit man sie hätte umstimmen können. So wie an jenem Sonntag, als es am Morgen bewölkt war und sie dem Mädchen verbot, mit den anderen an den See zu fahren.

– Wenn du ins Wasser gehst, wirst du dich erkälten und Fieber bekommen!

Weil Nora aber weinte und darauf beharrte, dass es bestimmt bald aufklaren würde, erlaubte es ihr die Mutter schließlich doch, aber darüber war es spät geworden und Nora verpasste letztlich den Zug. Vom Fenster aus winkten ihr die anderen zu. Lídia und die Familie von Senyor Joaquim, sie alle, sogar dieses Kind, fuhren zum See. Nora, auf dem Bahnsteig, an der Seite ihres Vaters, der mit ihr zum Bahnhof gelaufen war, brach in Tränen aus, weinte sich die Augen aus dem Kopf. Später einmal würde sie sich eingestehen, dass sie in ihrer Enttäuschung übertrieben reagiert hatte. Aber wohin, wenn nicht zum Glück, hätte dieser Zug sie gebracht?

XVII

Jetzt schmerzt mich der Gedanke, dass meine Mutter wegen mir auf Lídia eifersüchtig war. Für meinen Vater und für mich hat sie einfach alles getan. Was ihr selbst Freude bereitete, war immer nebensächlich, sobald sie bemerkte, dass er oder ich, oder vielleicht wir beide, sie in irgendeiner Weise brauchten. Als ob es schöner wäre, für andere da zu sein, als es sich selbst gut gehen zu lassen. Ich hätte mir so sehr gewünscht, sie immer froh zu sehen, denn wenn sie es war, konnten auch wir es sein. Ihre Freude war ansteckend, die Verpflichtungen aber, die sie sich nur allzu oft selbst auferlegte, ließen sie ein mürrisches Gesicht ziehen und ihre Augen ins Leere starren.

An einem Sonntag kündigte sich Regen an. Früh am Morgen hatte Nora bereits einen Blick in den wolkenverhangenen Himmel geworfen. Es herrschte ein trübes Licht, man hätte meinen können, es sei schon Abend, und abgekühlt hatte es sich auch. Ihr war zum Weinen zumute. Was sollte sie denn tun, wenn sie nicht zum See fahren würden? Sie legte sich wieder ins Bett. Eine ganze Weile später klingelte das Telefon. Nachdem sie sich ein wenig mit Noras Mutter unterhalten hatte, bat Lídia sie, das Mädchen an den Apparat zu holen. Sie versicherte Nora, dass heute niemand von ihnen zum See fahren würde, und fragte sie, was sie denn vorhabe.

– Nichts!

Lídia lachte und schlug ihr vor, wenn sie Lust habe, ihr zu helfen, solle sie in einer Stunde ins Schuhgeschäft kommen, dann wäre sie dort. Ihre Mutter war ungehalten. Was könne sie im Laden denn schon helfen, sie würde Lídia doch nur stören, und so ging es in einem fort. Nora machte ihr Bett, frühstückte und schien dann unter ihrem grünen Regenschirm gleichsam zum Marktplatz zu fliegen. Wieder einmal verbrachte sie eine großartige Zeit mit Lídia, aber als sie ihrer Mutter vor dem Mittagessen davon erzählen wollte, hatte diese keine Zeit, ihr zuzuhören, denn es gebe noch jede Menge zu tun, und ihr, so meinte sie, würde schließlich niemand zur Hand gehen.

An jenem anderen, so wunderbar sonnigen Sonntag hingegen, wer hätte da ahnen können, dass danach nichts mehr so sein würde wie zuvor. Als Nora an diesem Morgen mit Lídia den Zug bestiegen hatte, war ihr ein jeder ihrer Mitreisenden wie ein Anwärter auf das Glück erschienen, auf all die Freuden, die der See und die Sonne in Aussicht stellten, das Zusammensein mit den anderen. Diese herrliche Landschaft. Doch im Laufe der Stunden geschahen Dinge, die alles verändern und zu einem unvorhersehbaren Ende führen sollten.

Später würde Nora versuchen, sich wieder zu vergegenwärtigen, was nach Tonis Autopanne an diesem Sonntag eigentlich vorgefallen war. Wie schon so oft hatte Senyor Joaquim seine Mutter angeherrscht, sie möge still sein, und war dann zu Toni gegangen, um mit ihm in einiger Entfernung etwas zu bereden. Sie wurden nicht laut, aber man merkte, dass sie keine besonders freundliche Unterhaltung führten. Marieta, die neben Quim gelegen hatte, war mit einem Mal aufgesprungen und hatte es gerade noch geschafft, den anderen den Rücken zuzukehren, bevor sie sich übergeben musste. Lídia war gleich zu ihr gegangen und hatte angeboten, sie zur Bahnhofstoilette zu begleiten. Dort könne sie sich waschen, und für den Fall, dass sie den Badeanzug gegen ihr Strandkleid tauschen wolle, hatte sie ihr noch geraten, auch ihre Unterwäsche mitzunehmen. Doch es stellte sich heraus, dass Marieta gar keine dabeihatte, denn da sie nie ins Wasser ging, brauchte sie die auch nicht. Und schließlich hatte Lídia Nora noch dazu angehalten, das zu tun, was dieser am wenigsten gefiel. Sie sollte auf das Kind aufpassen.

Senyora Milagros hat die Augen geschlossen und scheint zu schlafen. Die Männer schweigen jetzt, aber sie fangen sofort wieder an zu reden, als Lídia und Marieta sich auf den Weg nach oben zum Bahnhof machen. Für einen Moment rührt sich Nora nicht. Dann greift sie zu ihrem Buch, doch die Buchstaben tanzen vor ihren Augen, sie fügen sich nicht zu einem sinnvollen Ganzen. Sie legt ihren Kopf auf die Knie und kann so einige der Worte auffangen, die die Männer reden, weiß jedoch nicht so recht, was sie eigentlich bedeuten. Lieferscheine, Löhne, Schulden. Nichtsdestotrotz nimmt sie sehr wohl die Spannung zwischen den beiden wahr, als Toni den Verkäufer anfährt, wer er denn glaube, dass er sei, um so mit ihm zu reden. Währenddessen hat Quim die Augen geöffnet und schaut zu ihr, noch ohne sich zu bewegen. Das Mädchen dreht sich zu Senyora Milagros und sieht, dass sie hinter ihrer Brille die Augen geschlossen hat, hört das leise Schnauben, das ihrem Mund entweicht. Sie steht auf und geht zu Toni und Senyor Joaquim, will ihnen sagen, dass der Junge aufgewacht ist. Doch sie kommt gar nicht dazu, wird stattdessen grob zur Seite geschoben. Die Männer gehen einfach weiter. Sie sind aufgebracht.

Da entschließt sich Nora, das zu tun, worauf sie Lust hat. Sie geht schwimmen. Quim ist ihr hinterhergeschlichen, und sie sagt ihm, er solle bleiben, wo er ist, er sei noch viel zu klein, er dürfe nicht allein ins Wasser. Nach ein paar Schwimmzügen sieht das Mädchen, wie sich der Kleine mit dem Autoschlauch abmüht. Aber sie schwimmt einfach weiter und denkt, von mir aus soll dieses Kind doch ruhig ertrinken. Als mit einem Mal die erregten Stimmen der Männer zu ihr dringen, sie schreien sich jetzt regelrecht an, dreht Nora sich um. Sie sieht den Schwimmring auf dem Wasser schaukeln, nur Quim, den kann sie nirgendwo entdecken. Ist er vielleicht mit dem Reifen umgekippt oder darunter eingeklemmt? Nora schwimmt, sie schwimmt, so schnell sie nur kann. Ist er ertrunken, hat sie ihn etwa ertrinken lassen? Da ist er, sie greift nach ihm, bekommt ihn zu fassen, zieht ihn hoch. Die Männer haben jäh aufgehört zu streiten, sie laufen zu ihnen, nehmen Nora den Jungen aus den Händen. Milagros springt vom Stuhl auf und schreit. Ein gellender Schrei. Minuten später sind auch Marieta und Lídia da. Stimmengewirr, lautes Weinen. Nora lässt sich zu Boden sinken. Mit dem Gesicht zum See legt sie den Kopf auf die Knie und die Hände um ihren Nacken.

Quims Stimme und seine Tränen lösen Rufe der Freude, der Erleichterung aus.

– Es ist ja nichts passiert!
– Was für ein Glück, dass Nora da war!
– Dieses Mädchen ist ein Schatz!
– Wenn Nora nicht aufgepasst hätte …

Nora verharrt in ihrem Schweigen, hebt noch nicht einmal den Kopf, und Lídia sagt, sie sollten sie besser zufriedenlassen.

Später, als sich alles wieder ein wenig beruhigt hat und die anderen sich nicht mehr um sie drängen, wird Nora hochschauen und ihren Blick hinüber auf die andere Seeseite richten. Sie wird die Berge am Horizont betrachten und wie sich das flirrende Sonnenlicht auf dem Wasser spiegelt. Alles kommt ihr rötlich vor. Wie aus Schlamm.

Im Zug nahm Marieta ihre Hand und drückte sie ganz fest. Nora fing an zu weinen und mit einem Mal schwiegen alle. Sie war nicht in der Lage, so zu reagieren, wie die anderen es erwarteten.

Nachdem ihre Eltern mit Lídia und Toni gesprochen hatten, zeigten sie sich sichtlich beeindruckt und beglückwünschten Nora, doch als sie ihre Tränen sahen, schwiegen sie, ohne dass Nora sie darum hätte bitten müssen. Am nächsten Tag bekam das Mädchen noch immer keinen Bissen hinunter, noch nicht einmal trinken wollte sie. Sie hatte sich in ihrem Bett verkrochen und es teilnahmslos hingenommen, dass einer nach dem anderen zu ihr kam und ihr gut zuredete. Ihre Eltern machten sich ernsthafte Sorgen und ließen Doktor Gay kommen. Nachdem er ihren Puls gefühlt, sie abgehört und sich die Zunge hatte herausstrecken lassen, hielt er ihr eine liebevolle Standpauke. Er war ein stämmiger Mann mit einem Schnurrbart, strohblond wie sein etwas krauses Haar. Seine großen Augen hatten die Farbe von Honig, und er heftete sie auf das Gesicht seiner jungen Patientin, als wären sie es, die zu ihr sprechen würden. Schließlich bedachte er sie mit einem breiten Lächeln, und da endlich löste sich der Groll auf, den Nora gegen sich selbst empfand. Das Mädchen fing an zu weinen, bis der Doktor zu ihr meinte, jetzt sei es aber genug. Sie fühlte sich noch wie benommen, doch von diesem Augenblick an merkte sie, dass der Druck auf ihrer Brust nachgelassen hatte, dass sie wieder freier atmen konnte. Da fragte sie der Arzt, was denn eigentlich mit ihr los sei, und sie erzählte ihm, was wirklich geschehen war, wenn auch in etwas verkürzter Form. Der Doktor sagte nichts dazu, aber bevor er ging, legte er seine breite und sehr blasse Hand an die Wange des Mädchens, musste sie aber gleich am Ärmel des anderen Arms abwischen. Nora fand das komisch und fing an zu lachen.

– So gefällst du mir schon viel besser, kleines Fräulein.

Nach einer Weile sagte sie nicht mehr Nein zu der Suppe, die ihre Mutter auf dem Herd für sie warmgehalten hatte, und als die Brühe aufgegessen war, auch nicht zu einem mageren Stück Schinken auf einer Scheibe Brot mit Tomaten und reichlich Olivenöl. Teresa war froh darüber und löcherte sie weder mit Fragen noch machte sie Bemerkungen, und Nora, die einen Riesenhunger verspürte, fand das seltsam, mehr als seltsam. Sie dachte bei sich, was für ein guter Mensch der Doktor doch war.

Nach diesem letzten Tag am See machten sich all die unbeschwerten Stunden, die sie dort mit Lídia und den anderen verbracht hatte, so schnell davon, dass sie schon bald über alle Berge waren. Nora spürte gleich, dass sie sich viel zu weit entfernt hatten und sich nicht mehr einholen ließen, selbst wenn sie ihnen stundenlang hinterherlaufen würde. Aber in ihrer Erinnerung kamen sie, ganz unverhofft, doch zu ihr zurück. Noch heute ist das so, irgendwann sind sie einfach wieder da. Auch dieser eine Augenblick. Und dann packt sie wieder dieses Entsetzen, so wie damals, zwölf Jahre war sie alt und hatte gerade gedacht, soll dieses Kind doch ruhig ertrinken, bevor ihr schlagartig bewusst wurde, dass Quim unter dem Schwimmreifen verschwunden war.

XVIII

Eine Zeitlang sprach niemand über das, was geschehen war, bis an einem Sonntagmorgen, als ich schon nicht mehr zum See fuhr, mein Vater mich zu sich rief und wir darüber redeten, aber so, als sei ich schon erwachsen, fast von gleich zu gleich. Ich glaube, das Wort »Schuld« tastete sich in unser Gespräch vor, ganz so, als würde es sich um eine Spielkarte handeln, die für die Partie von Nutzen sein könnte, einen aber nicht wirklich überzeugte, hatte man sie doch schon so lange in seinen schwitzigen Händen gehalten, dass sie ganz aufgeweicht war.

Nach Ende ihres Jurastudiums hatte Nora in einer Anwaltskanzlei in Barcelona angefangen, im Sommer aber kehrte sie immer wieder nach Tremp zurück.

Mutter und Tochter verbrachten viel Zeit miteinander. Sie frühstückten zusammen, räumten gemeinsam die Wohnung auf, gingen zum Einkaufen, und nicht zuletzt bewunderte Teresa gern die neuen Kleidungsstücke, die Nora in der Stadt erstanden hatte. Sie hatte es sich angewöhnt, ihrer Tochter dabei das Neueste über die Menschen zu erzählen, die sie beide kannten. In diesem ersten Sommer, in dem sie schon auf eigenen Füßen stand, wollte Nora ihrer Mutter von dem jungen Mann erzählen, mit dem sie in Barcelona ausging, aber Teresa kam ihr zuvor und fing an, von Toni zu reden.

– Er sieht aus wie ein Bauer! Vielleicht wirst du ihn nicht einmal mehr erkennen, wenn er dir über den Weg läuft.

– Warum wundert dich das? Er ist doch Bauer! –, meinte Nora lachend.

– Ich hab meine liebe Not damit, dass er mich überhaupt grüßt, und dann heißt es gleich »Adieu, Adieu!« Weißt du, was ich glaube? Er erinnert sich nur allzu gut daran, dass Lídia und ich damals befreundet waren.

– Aber warum wurmt es dich denn so, dass Toni sich nicht die Zeit nimmt, mit dir zu reden, wenn er dir über den Weg läuft?

– Wir sind schließlich Cousin und Cousine und früher war er immer so nett!

– Ja, das war er. Und Lídia auch.

– Aber sie hätte ihn nicht verlassen dürfen.

Doch alle beide wussten sie, dass Lídia, bevor sie

mit Àngel nach Barcelona gegangen war, alles Menschenmögliche versucht hatte. Sie hatte mit Toni geredet und mit dem Jungen, mit jedem einzeln. Dann mit beiden gemeinsam. Sie hatte Àngel für ein paar Tage zu ihrer Schwester nach Barcelona geschickt und versucht, ihren Mann zur Vernunft zu bringen. Ohne Erfolg. Sobald sie wieder zusammen waren, behandelte der Junge Toni wie Luft, wich ihm aus, wo er nur konnte, und manchmal, da bot er ihm auch die Stirn. Toni seinerseits riss bei der erstbesten Gelegenheit dumme Witze, machte sich beim kleinsten Fehler über Àngel lustig, erinnerte ihn ständig daran, wer der Herr im Haus war. Bis er eines Tages damit anfing, ihn nicht mehr bei seinem Namen zu rufen, sondern ihn einfach »Bastard« zu nennen. Und noch etwas anderes musste geschehen sein, aber auch Freunde zieht man nicht immer ganz und gar ins Vertrauen, und so wussten weder Teresa noch Nora etwas darüber zu sagen.

– Wie hätte sie denn auch weiter mit Toni leben können, wo er doch jedes Mal, wenn sie anderer Meinung war oder nicht auf ihn eingegangen ist, einen Wutanfall bekommen hat? Du selbst hast das doch mehr als einmal erlebt.

– Und dabei war er früher ganz vernarrt in den Jungen! Immerzu hat er ihn auf den Arm genommen, als er noch klein war, und überall herumgetragen hat er ihn, dem Kind alles gekauft, was es wollte, jeden Wunsch hat er ihm erfüllt.

– So wie er es auch mit mir gemacht hat, mit Quim und überhaupt allen Kindern aus unserer Straße.

– Stimmt, du hast recht. Aber zuzulassen, dass die Frau einen verlässt, und dann so enden …! Weißt du eigentlich, dass gemunkelt wird, Toni würde sich jetzt mit einer Witwe treffen, die im selben Dorf wie seine Schwester lebt?

– Und was ist schlecht daran?

– Na weißt du, schließlich hat er Frau und Kind, auch wenn der Junge nicht sein leiblicher Sohn ist.

– Als ob das einen Unterschied machen würde, Mutter.

– Triffst du dich eigentlich mit ihr in Barcelona?

– Ja. Ab und zu lädt sie mich zum Essen ein und manchmal machen wir auch einen Schaufensterbummel, sehen uns die Auslagen mit Kleidern und Schuhen an.

– Was sagt man dazu, und wo bleibt dann der Junge?

– Der ist doch längst kein kleines Kind mehr, er bleibt bei den Großeltern oder bei Lídias Schwester, er hat Freunde aus der Schule … Er ist ja so was von gewachsen, und du wirst es nicht glauben, aber fast alle, die die beiden zusammen sehen, sagen zu Lídia, sie würden sich aufs Haar gleichen.

– Und ist das so?

– Na ja, ich weiß nicht, aber als ihr Sohn könnte er glatt durchgehen. Er hat kastanienbraunes Haar und noch immer so eine helle Haut wie als Kleinkind, und er ist spindeldürr. Àngel ist ein lieber Kerl, man muss ihn einfach gernhaben, so wie Lídia. Übrigens, Verehrer hat sie auch, ernsthafte Verehrer, zwei waren sogar bereit, die Vaterstelle bei dem Jungen einzunehmen, aber sie mag sich nicht mehr fest binden. Und Toni, lebt er noch bei seiner Schwester?

– Ja, was denkst du denn? Der hat doch all seine Geschäfte in den Sand gesetzt.

– Armer Toni! Als kleines Mädchen war ich in ihn verliebt.

– Was du immer so daherredest.

– Wieso? Dürfen sich kleine Jungen und Mädchen denn etwa nicht verlieben? Toni hat mich beachtet und er hat mir immer kleine Geschenke mitgebracht.

– Das schon. Aber es ist doch etwas ganz anderes, wenn man sich in jemanden im gleichen Alter verliebt!

Jetzt bot sich Nora die Möglichkeit, ihrer Mutter von Xavier zu erzählen. Er war Anwalt wie sie, aber schon seit Jahren in einer Kanzlei tätig und verfügte von daher über reichlich Berufserfahrung, während sie ja gerade erst angefangen hatte zu arbeiten. Als sie Teresa von ihm erzählte, war das eine große Freude für ihre Mutter. Gleich darauf fing sie allerdings an zu weinen, weil ihr Mann, Noras Vater, diesen glücklichen Moment nicht mehr hatte erleben dürfen.

Um sie abzulenken, erkundigte sich Nora weiter nach Toni, denn sie hatte bemerkt, dass Teresa ihr gerne noch mehr von ihm erzählen würde.

Sie redeten über die Arbeit, die er auf dem Hof seiner Schwester übernommen hatte. Seit Lídia fortgegangen war, wohnte er auch dort, aber Teresa ging davon aus, dass Bruder und Schwester jetzt, da die Mutter nicht mehr lebte, ständig Krach miteinander haben dürften. Sie seien bestimmt noch immer wie Hund und Katze.

– So elegant, wie er immer war!

– Ja, aber vielleicht ist er jetzt glücklicher als damals mit dem Schuhgeschäft.

– Lídia und er, die beiden waren doch einmal regelrecht verrückt nacheinander.

Nora sah sie wieder vor sich, frisch verheiratet, es musste ihre erste Begegnung mit Lídia gewesen sein, die ihr wie eine Märchenfee vorgekommen war. Die zwei hatten sich auf so eine ganz besondere Weise angeschaut ... selbst einem kleinen Mädchen wie ihr war dies damals nicht entgangen. Und da gab es noch so viele andere Momente, bei ihnen zu Hause, im Geschäft und am See, in denen man nicht übersehen konnte, wie verliebt sie ineinander waren. Umso mehr müssen sie später gelitten haben. Vor allem Lídia, die einverstanden gewesen war, den Jungen zu sich zu holen, obwohl doch der Schatten von Tonis möglicher Untreue auf ihm lag. Aber wären Àngel und er auch dermaßen aneinandergeraten, wenn der Junge sein leiblicher Sohn gewesen wäre? Wie viele Fragen sich Lídia wohl gestellt haben dürfte, ohne wahrscheinlich auch nur eine einzige Antwort gefunden zu haben. Nora ging durch den Kopf, ob nicht ihre Mutter in dieser Zeit womöglich Lídias Vertraute gewesen war.

– Nachdem sie das Kind zu sich genommen hatten, haben Lídia und ich uns nicht mehr fürs Kino verabredet. Sie hatte keine Freude mehr daran und so recht konnte man sich auch gar nicht mehr mit ihr unterhalten. Für sie gab es nur noch den Jungen. Tja, und weil wir kaum noch gemeinsam ausgegangen sind, bin ich eben zu Hause geblieben, um deinem Vater Gesellschaft zu leisten. Aber du kannst dir ja denken, wie das aussah, er hat gelesen und ich habe mich mit irgendetwas beschäftigt, meist mit der Bügelwäsche, oder ich habe in einer

Zeitschrift geblättert. Manchmal bin ich allerdings noch mit Lídia spazieren gegangen, mit dem Kleinen im Kinderwagen, aber nicht sehr oft, denn damals ist Toni ja nicht von ihrer Seite gewichen und hat allen und jedem den Jungen vorgeführt.

Nora begriff mit einem Mal, wie sehr Teresa der Zeit nachtrauerte, die sie mit Lídia verbracht hatte und die nun unwiederbringlich vorbei war. All die Filme, die Plauderstunden. Das war Nora nicht bewusst gewesen. So als ob sie laut denken würde, fügte ihre Mutter noch hinzu:

– Etwas in Lídia hat sich verändert, nachdem sie den Jungen in ihre Obhut genommen hatten. Sie war einfach nicht mehr dieselbe.

XIX

Nein, ich fand das überhaupt nicht gut, kein bisschen. Quim begann sich schon zu recken, gleich würde er aufwachen und dann weder seine Mutter noch Lídia sehen. Und seine Großmutter schien noch zu schlafen. Die beiden Männer waren ein Stück weiter weg von uns in eine Unterhaltung vertieft, sie standen nebeneinander, uns dreien etwas zugewandt. Ihr Gespräch machte den Anschein, sehr vertraulich zu sein. Sie redeten leise, ohne sich dabei anzusehen. Ich hielt noch immer mein Buch in der Hand, doch seitdem Lídia mir aufgetragen hatte, auf das Kind aufzupassen, hatte ich keine Zeile mehr gelesen. Als ob das Wetter auf irgendetwas warten würde, war es mit einem Mal völlig windstill. Die Hitze hatte sich durchgesetzt. Die Luft war vom Zirpen der Zikaden erfüllt.

Ich sah zu den Pappeln, die mit ihren Stämmen ein Stück weit im Wasser standen, und ich dachte, die Bäume, ja, die müssten doch eigentlich glücklich sein. Eine tiefe Ruhe breitete sich aus, so als ob ein Zauberstab ein jedes lebendige Wesen, einen jeden Gegenstand kaum merklich berührt hätte. Selbst die Stimmen der Männer klangen jetzt wie das Murmeln von dahinfließendem Wasser, das nur von Zeit zu Zeit auf ein paar Steine trifft, sacht über sie hinwegspringt, um dann wieder in sich zusammenzufallen. Alles war bereit.

Später würde ich mir immer und immer wieder den Kopf zerbrechen, was sich an diesem letzten Tag am See eigentlich genau zugetragen hat, was zuerst geschehen ist. Wie eine Wolke legte sich diese Ungewissheit dann über mein Denken, so als würde sie mir nach und nach den ganzen Himmel verdunkeln. War ich an diesem Punkt angelangt, spürte ich, dass sich mein Magen zusammenkrampfte, und ich setzte alles daran, so schnell wie möglich an etwas anderes zu denken. Wie sollte ich denn auch wissen, was ich damals am See wirklich gefühlt oder gedacht hatte, wenn doch fast alle um mich herum völlig falschlagen?

Mit zwölf Jahren hätte ich mir niemals vorstellen können, dass ich eines Tages auf einem Floß aus Holz und Metall so nah an den Felsen auf der anderen Seeseite herankommen würde, an den Felsen, den ich immer für einen weiteren Berg gehalten hatte, die Stelle, von der niemand hätte sagen können, wie tief es dort eigentlich war. Doch als das geschah, war ich schon sechzehn und hielt mich oft mit meiner Clique, mit Agnès und Pep, in der Nähe des Schleusentors auf, dem Treffpunkt der Heranwachsenden und guten Schwimmer. Dort lernten wir zwei Jungen kennen.

Es war noch Sommer, doch die Hitze ließ bereits nach. Für Nora waren es die letzten Urlaubstage in Tremp und sie genoss den Wochenmarkt unter freiem Himmel. Überall auf dem Platz herrschte reges Treiben, an den Obst- und Gemüseständen und auch dort, wo Stockfisch und Oliven oder Mandeln, Haselnüsse und Gebäck zum Kauf angeboten wurden. Vor allem aber auf der Straße, die zum Markt führte. An jeder Seite befanden sich dort Tische, auf denen Kleidung jeglicher Art auslag, von Unterwäsche bis hin zu festlicher Garderobe, und davor standen Schuhe und *espardenyes* und viele andere Dinge mehr. Die Stimmen, die sich grüßten, Preise nannten, Witze machten, Waren anpriesen, die lachten oder schimpften, die hinter vorgehaltener Hand Kummer und Sorgen, Freuden und Kränkungen teilten, überlagerten die häufigen Zusammenstöße der Einkaufsroller, die von zerstreuten Händen gezogen wurden. Plötzlich sagte Noras Mutter:

– Schau mal, wer da ist!

Nora wusste nicht, wen sie meinte. Vor ihr stand ein hochgewachsener, schlanker junger Mann, der einen großen Einkaufskorb in der Hand hielt und sie wortlos anlächelte. Nora fielen sein glattes, schwarzes Haar auf und seine glänzenden, dunklen Augen. Irgendwie kam er ihr bekannt vor, doch sie hätte nicht sagen können, wer er war.

– Aber Nora, erkennst du denn Quim nicht mehr?

In ihrem Mund sammelte sich Speichel, und schien dort eine Kugel zu bilden, die ihr Kinn hinunterrollen würde, wenn sie ihre Lippen nicht fest geschlossen hielt. Aber schließlich gelang es ihr zu schlucken und irgendetwas zu sagen. Den Rest erledigte ihre Mutter. Sie erkundigte sich nach seinem Vater, worauf Quim nur mit den Schultern zuckte, wollte wissen, wie es seiner Großmutter ging, und erfuhr, dass sie vor zwei Monaten gestorben sei, erkundigte sich nach der Schule und bekam lächelnd zur Antwort, dass die Schulzeit doch schon längst hinter ihm liege. Er antwortete kurz und knapp, so als ob es eine mündliche Prüfung wäre, und hätte er die erst einmal hinter sich gebracht, würde jede Menge freie Zeit auf ihn warten. In diesem Augenblick schlug Teresa vor, Nora könne doch eigentlich auch allein die Melone für den Nachtisch besorgen, sie selbst brauche noch ein Paar Hausschuhe und das nehme etwas Zeit in Anspruch.

– Wir müssen uns die Arbeit teilen, sonst wird es heute wohl kein Mittagessen geben. Adieu, Quim!

Während Teresa umkehrte, bahnten sich Nora und Quim einen Weg durch die Menschenmenge, von der sie verschluckt und, je nach Beliebtheit der Stände, gleichsam von einer Seite zur anderen geschoben wurden. Auf diese Weise blieben die beiden zusammen, bis sie schließlich wieder den eigentlichen Marktplatz erreichten, auf dem sich die Lebensmittelstände befanden und weniger Menschen anzutreffen waren. Sie hatten bis dahin kein Wort miteinander gewechselt, aber dann, als ob er plötzlich wieder zu Atem gekommen wäre, fragte Quim:

– Erinnerst du dich noch, als wir mit Senyora Lídia am See waren?

Nora lachte.

– Und wie!

Quim lud sie ein, in der Nähe des Marktes etwas zu trinken, auf der von Platanen gesäumten Allee, wo etliche Cafés um Kunden wetteiferten. Erleichtert, den Fragen von Noras Mutter entkommen zu sein, setzten sie sich an einen der schattigen Tische.

– Du kannst dir ja gar nicht vorstellen, wie oft ich zu hören bekommen habe, dass du mir das Leben gerettet hast!

Wieder lachte Nora und versicherte ihm, dass das so nicht stimme, dass sie ihn höchstens unter dem

Schwimmreifen hervorgeholt habe, ein paar Sekunden, bevor sein Vater und Toni ihn dann ganz aus dem Wasser gezogen hätten.

Quim entgegnete ihr, noch heute, immer wenn er sich mit seiner Mutter treffe, würde sie ihm davon erzählen. Dieser Tag damals am See habe einen tiefen Eindruck bei ihr hinterlassen. Nora fragte ihn, ob er schon eine eigene Wohnung habe.

– Nein, noch nicht. Ich lebe bei meinem Vater. Toni und er haben sich damals überworfen, aber das weißt du ja bestimmt, und meine Eltern sind seit ein paar Jahren getrennt.

Nora erwiderte, dass sie davon gehört habe. Er fügte hinzu, eine Plattenfirma sei auf die außergewöhnliche Stimme seiner Mutter aufmerksam geworden und habe sie unter Vertrag genommen. Sie war mittlerweile eine erfolgreiche Sängerin und lebte nun schon seit drei Jahren in Deutschland.

Noras Mutter hatte das auf ihre eigene Art kommentiert:

– Da siehst du es, noch eine Familie, mit der es den Bach runtergeht.

Teresa und Quim liefen sich ab und an in Tremp beim Einkaufen über den Weg, aber immer vergaß sie, Nora von ihrer Begegnung zu erzählen, und so hatte diese seit Jahren nichts mehr von ihm gehört.

Quim erzählte ihr, dass Marieta und er sich zu Weihnachten und im Sommer sehen würden. Auch er habe sehr viel für Musik übrig, er spiele Klavier, vor vier Jahren habe er mit der Ausbildung begonnen. Irgendwann einmal wolle er wie seine Mutter in Deutschland leben. Dann fing er an zu lachen.

– Ich weiß nicht, ob du mir das glauben wirst, aber ich war kein einziges Mal mehr am See.

Nora hingegen erzählte ihm, dass sie nach jenem Sommer noch öfter mit Freunden aus ihrem Jahrgang an den See gefahren sei, zum Schwimmen, dort, wo es besonders tief ist. Mit sechzehn sei damit allerdings Schluss gewesen. Eine Weile betrachteten sie die Leute, die an ihrem Tisch vorbeigingen. Ein paar Mädchen in seinem Alter grüßten Quim, sie lächelten. In der Tat, hier ließ es sich aushalten.

– Aber wie kommt es denn, dass du danach nie mehr am See gewesen bist? Wo es dir dort doch immer so gut gefallen hat und schwimmen konntest du schließlich schon von klein auf.

– Es gab da so einen Vorfall, abgesehen von dem mit dir, und dieses zweite Mal habe ich wie eine Warnung empfunden. Aber das ist eine lange Geschichte.

– Erzähl sie mir, erzähl mal.

XX

Hätte ich irgendetwas anders gemacht in all den Sommern, die ich am See verbracht habe, wenn ich im Voraus gewusst hätte, was geschehen würde? Ja, manchmal denke ich, dass ich dann alles anders gemacht hätte. Doch gleich darauf stelle ich mir vor, was es bedeutet hätte, wenn ich nicht an den See gefahren wäre. Ich hätte diese Landschaft nicht kennengelernt. Es wären Sommer weit weg vom Wasser gewesen, weit weg von den Pappeln und vom Ufer, vom großen umgestürzten Baumstamm, von der kleinen Gruppe. Von Lídia. Wäre ich nicht zum See gefahren, hätte ich vielleicht nie schwimmen gelernt. Ob ich mich dann fürs Klettern begeistert hätte oder fürs Wandern? Wenn ich es recht überdenke, sage ich mir: Alles ist gut so, wie es war. Jedes Lächeln, jedes Wort, jede Geste. Schick all diese Sonntage einfach über den Laufsteg, so wie Mannequins, die Kleider vorführen, ausgefallene, schlichte, verwegene, freizügige, klassische, elegante Kleider. Sollen sie doch wieder und immer wieder in einer Reihe an mir vorbeiziehen, sich am Schluss umdrehen und dann hinter der Bühne verschwinden. Ihre Zeit des Ruhms ist vorbei. Möge der Vorhang fallen.

Auf dem Floß gab es so wenig Platz, dass wir ganz dicht beieinander sitzen mussten. Einem der beiden Jungen schien ich zu gefallen und ich fühlte mich geschmeichelt. Ab und zu berührte er meine Schulter, und seine Hand auf meiner Haut schenkte mir mehr Wärme, als es die Sonne an diesem Nachmittag vermocht hatte. Ich war so guter Dinge, fühlte mich geborgen inmitten der Schönheit der Landschaft, dort auf der anderen Seeseite, fast genau der Stelle gegenüber, an der ich eines Tages erlebt hatte, wie Quim beinahe ertrunken wäre. Dieser Ausflug mit dem Floß kam mir wie ein großes Abenteuer vor. Ich ließ mich von der Sonne trocknen und spürte, wie meine Schultern brannten, vor allem an den Trägern meines Badeanzugs. Doch der Nachmittag, das Licht, das Glück, alles würde ein anderes Gesicht bekommen.

Nora erzählt ihm nicht, dass innerhalb der Gruppe aus Tremp, die zusammen aufs Gymnasium gegangen war, Pep, Agnès und sie so etwas wie ein eingeschworenes Trio gebildet hatten. Für Quim fasst sie nur zusammen, was damals auf dem See geschehen ist. An einem Augustnachmittag waren sie zu dritt zum Schwimmen gegangen, in der Nähe der Schleuse, dort, wo der See besonders tief ist. Nach einer Weile waren zwei Jungen um die zwanzig mit einer Art Floß aufgetaucht, das sie Katamaran nannten und selbst gebaut hatten. Es war eine Plattform, die aus einer Palette aus Holzlatten bestand und auf zwei spitz zulaufenden, grau angestrichenen Metallzylindern montiert war. Paddel hatten sie auch dabei.

– Das muss ja ein tolles Teil gewesen sein!

– Das kannst du wohl laut sagen!

Nachdem Pep ihnen geholfen hatte, das Floß ins Wasser zu lassen, luden die beiden Jungen ihn ein, mit ihnen zu kommen, und Pep, so wie jemand, der eine gute Entschuldigung vorbringen möchte, um eine Einladung abzulehnen, erklärte ihnen, er sei mit zwei Freundinnen hier. Die Jungen kamen näher. Sie sahen gut aus, besonders einer von ihnen. An ihre Namen kann Nora sich nicht mehr erinnern und auch nicht daran, woher sie kamen, wenn sie es damals überhaupt erwähnt hatten. Sie ermunterten die Mädchen, ebenfalls aufs Floß zu steigen. Bis zur Mitte des Sees wollten sie fahren und dann wieder umkehren, wofür sie ungefähr eine halbe Stunde einkalkuliert hatten. Agnès und sie fassten sich ein Herz.

Quim hört ihr sehr aufmerksam zu, und Nora wird sich bewusst, dass sie eigentlich zum ersten Mal jemandem von einem Ereignis erzählt, das in ihrem Leben doch von Bedeutung gewesen ist. So oft hat sie daran denken müssen, erzählt hat sie aber immer nur von der Floßfahrt an sich, nie von ihren Gefühlen.

Das Floß entfernte sich langsam vom Ufer, wo die drei ihre Kleidung und die Fahrräder zurückgelassen hatten. Der See lag ruhig da, wie fast immer, und es war ein schönes Gefühl, über das Wasser zu gleiten. Die fünf lachten viel. Es war so heiß, dass sie abwechselnd ins Wasser sprangen, um dort zu schwimmen, wo es am klarsten und tiefsten war, und anschließend zogen die Hände der anderen sie wieder hoch auf das Floß. Ausgelassen alberten sie herum.

Plötzlich frischte ein angenehmer Wind auf und brachte ihnen Abkühlung. Zugleich aber begann sich das Wasser zu kräuseln, und es bildeten sich leichte Wellen, die nach und nach stärker wurden. Schon bald fingen diejenigen, deren Badezeug noch nass war, an zu jammern, sie würden frieren, und witzelten herum, am besten wäre es doch, sich der nassen Klamotten ganz zu entledigen. Nora bemerkte erst, wie spät es mittlerweile geworden war, als die Sonne über dem Gebirgszug im Westen zu sinken begann. Es war, als würde sie die Stufe einer Leiter hinuntersteigen, und mit einem Mal lag alles im Schatten. Der Wind nahm zu. Mit den Paddeln ließ sich das Floß jetzt nur schwer steuern. Es gelang ihnen nicht, es zu drehen, um zum Ausgangspunkt zurückkehren zu können. Stattdessen trieb der Wind sie immer näher auf das andere Seeufer zu, dorthin, wo der Felsen in die Höhe ragt und der Zugang ungemein schwieriger ist. Das Licht wurde immer schwächer, und so wie Luft, die aus einem Ballon entweicht, verflüchtigte sich das Gefühl von Wärme und Wohlbehagen.

Quim lächelt und sagt irgendetwas. Nora beschreibt ihm, wie die Farben des Sees zu einem dunklen Blau und einem trüben Grau verschmolzen, während die fünf, nunmehr schweigend und mit nassen Handtüchern auf dem Rücken, noch immer vergeblich versuchten, das Floß wieder auf den richtigen Kurs zu bringen. Angstvolle Momente waren das, bis der Wind sich mit einem Mal legte und sie zum zugänglichen Teil des Sees zurückkehren konnten, dorthin, wo die Pappeln standen, wo es flach war und die Leute aus der Umgebung für gewöhnlich zum Baden gingen. Aber wie sich herausstellte, waren sie ein paar Kilometer von der Stelle entfernt gelandet, wo die Fahrräder der drei standen und der Pritschenwagen, auf dem die beiden Jungen das Floß transportiert hatten.

– Da war ja ganz schön was los! Das hätte aber auch ziemlich ins Auge gehen können.

Nora lächelt. Mittlerweile war es schon so gut wie stockfinster geworden, doch durch einen dieser Zufälle des Lebens hatten sie das Ufer fast an dem Ort erreicht, an den Quim und sie immer mit Lídia zum Baden gegangen waren. Noras Herz schlug gleich ruhiger, als sie die Stelle wiedererkannte, denn nun konnte sie die kleine Gruppe über die glücklichen Wege ihrer Kindheit hinauf zur Straße führen. Ihre Eltern hatten sich bereits auf die Suche nach ihnen gemacht, als sie sahen, dass sie nicht nach Hause kamen.

– Da habt ihr daheim bestimmt ganz schön was zu hören bekommen, oder?

– Das erzähl ich dir lieber nicht, aber du kannst es dir ja denken.

Alle beide fangen an zu lachen. Kurze Zeit später, während Nora mit ein paar Bekannten spricht, kann Quim sie in Ruhe betrachten. Aus ihr ist eine schöne junge Frau geworden, zudem ist sie aufgeschlossen und sehr sympathisch, und sie verhält sich ihm gegenüber, als seien sie Freunde. Es gefällt ihm, dass die Mädchen aus seiner Clique ihn mit Nora gesehen haben.

Als sie beide damals mit den Erwachsenen an den See fuhren, war Quim auf Nora eifersüchtig. Wie gerne wäre er so gewesen wie sie. Nora war älter, konnte schwimmen, las Bücher, mäkelte nicht am Essen herum und Senyora Lídia schenkte ihr viel Aufmerksamkeit.

– Mach's gut, Quim! Ich hoffe, ich kann dich irgendwann einmal Klavier spielen hören.

Sie verabschieden sich. Er wäre gerne noch länger dort mit ihr zusammengeblieben.

Ohne an die Melone zu denken, die sie hätte kaufen sollen, macht sich Nora mit einem Lächeln auf den Heimweg. Während ihres Gesprächs mit Quim ist ihr klar geworden, dass diese Erinnerung aus ihrer Jugend, die Freude und die Angst jenes Nachmittags mit Agnès, Pep und den beiden Jungen auf dem Floß weiter nichts als eine Anekdote ist im Vergleich zu den Sonntagshimmeln ihrer Kindheit.

Quim käme niemals auf die Idee, dass sie ihn nicht hatte ausstehen können, als sie beide noch Kinder waren. Und noch weniger, wie sehr sie trotzdem die Sonntage mit der kleinen Gruppe vermisst hatte. Die Zugfahrt, den Weg vom Bahnhof zum See. Die Stimmen. Die Berge am anderen Ufer unter dem unendlichen Blau des Himmels. Den großen umgestürzten Baumstamm, auf dem man sitzen konnte, und die schlanken Pappeln mit der Markierung des Wassers, so kühl unter den zittrigen Blättern. Den Schlamm, sanft wie eine Liebkosung.

Und ebenso wenig würde er sich jemals vorstellen können, wie oft sie sich seit jenem Sonntag gefragt hat, was aus all den Sommern geworden ist und wie sie die Erinnerung an diese Zeit würde bewahren können, die Erinnerung an das Licht und all die Schönheit.